人间情长有细味

关于食物的往事追忆

李欧梵　李子玉◎著

ZHEJIANG UNIVERSITY PRESS

浙江大学出版社

图书在版编目(CIP)数据

人间情长有细味：关于食物的往事追忆/ 李子玉
著. —杭州：浙江大学出版社，2018.9
　　ISBN 978-7-308-18183-9

　　Ⅰ.①人… Ⅱ.①李… Ⅲ.①散文集—中国—当代
Ⅳ.①I267

中国版本图书馆 CIP 数据核字（2018）第 090448 号

人间情长有细味
——关于食物的往事追忆

李子玉　著

特约策划	姜爱军
责任编辑	罗人智
文字编辑	马一萍
责任校对	仲亚萍
封面设计	尚书堂
出版发行	浙江大学出版社
	（杭州市天目山路 148 号　邮政编码 310007）
	（网址：http://www.zjupress.com）
排　　版	杭州林智广告有限公司
印　　刷	浙江新华数码印务有限公司
开　　本	889mm×1194mm　1/32
印　　张	6.5
字　　数	156 千
版 印 次	2018 年 9 月第 1 版　2018 年 9 月第 1 次印刷
书　　号	ISBN 978-7-308-18183-9
定　　价	45.00 元

《细味》①是我个人独写的第一本书。《过平常日子》却是与丈夫欧梵合著的第一本。 2002 年，我们结婚第一年，新婚的幸福日子只经历了半年，我的抑郁症复发，俩人共同艰苦抵抗了半载才病愈。"劫后余生"更加珍惜彼此的缘分，因缘成就之下，我信了佛，立愿以平常心过平常日子。 于是有感而发，合写了《过平常日子》，作为我俩得来不易的幸福志念。

《细味》一书倒是我个人人生经历了诸多磨难之后的一种"思甜忆苦"的记录。 写作这本书时，我跟欧梵结婚已一年多，病发过了，又恢复了。 当时，我在哈佛"陪教"，波士顿冬日寒冷，我的膝盖有伤，举步维艰，平日没事，我很少外出。 欧梵在大学办公，我独自窝在家中，百无聊赖之时，我提笔写起书来了。

我想，大部分的女人，一生当中花在厨房烧菜的时间应该不少吧？ 我以为自己比一般女人入厨的机会又来得早了一些。 我自小没跟父母住在一起，和外祖母及哥哥相依度过整个童年和少女期。 十六岁那年，外祖母突然去世，

① 本书先后以《细味人生——食物的往事追忆》(2003 年)和《细味：食物往事追忆》(2007 年)在台湾、香港地区出版。大陆简体字版首版于 2003 年由广西师范大学引进出版,书名亦是《细味：食物的往事追忆》。——编者注

我被迫担起了小主妇之职，负责照顾哥哥和自己的起居生活。到了结婚，留学美国念书的时候，当然熟练地担起了"一家之煮"的责任。留学生的眷属不容许在彼邦正式获取工作许可。有很长一段的时间，我靠着厨艺来赚钱养家：在家当"伙头"——包伙煮饭，朋友来家搭伙；也自制咖喱饺，送到学校的咖啡店寄卖。这样的营生做了近十年，到丈夫拿到博士学位回香港才止下来。

回到香港没有两年，我就卸下了家庭主妇的职务，我再也不需要为丈夫烧菜了。因为我们离婚了。但是，我并没有因为不用每天下厨煮饭而轻松起来。相反的，我忽然感到从来没有过的空虚。我不单失了主妇之职，也同时找不回自我的身份认同。我再也不是某人的妻子，我也不知道自己是谁。我不知所措，我无法安身立命。我整个人仿佛都被掏空了。我不晓得如何自理、自处。每天如行尸走肉般混日子，抑郁的情绪，吞噬着我神经的每个细胞，令我痛不欲生。我曾四次尝试过自杀，蒙上天的怜惜，我不曾死去。纵然我不做"煮妇"了，但生活逼着我品尝自己一手烧出来的人生滋味——酸、甜、苦、辣。尝遍这些人生百味后，我的书第一版在台北发行，书名《细味人生》。而在大陆的首次出版，名字改成了《细味：食物的往事追忆》，听起来比较轻松，回忆往事多了点，少了沉重的心情，似乎回忆比细味自然自在多了。

和欧梵结婚是我人生的第三阶段，也是我当"煮妇"的第三阶段。我的人生首阶段到第二阶段即是从"小主妇"转成"煮妇"的时候。"小主妇"的角色是有点迷糊的，被逼的，不太着意的，故此没有太多的压力。那时年少无知，边学边玩，挺有趣味。一旦结了婚，为人妻子了，心情又大不一样。从小到大，外祖母给我的"为妻之道"的训示是传统式的，近乎朱子治家格言的说法。妻子一定要比丈夫先起床，为他煮饭，午饭晚饭更是不能偷懒不煮。　虽然丈夫并不要求我做这些事情，但是，我被这套"为妻之道"的教条锁住了。　我自我要求严格，想努力做个"好妻子"，让丈夫无后顾之忧，专心读书。　久而久之，照顾丈夫的生活起居的职责，变成了我的存在价值。　故此，到我的婚姻破灭时，情绪实在是坠下万丈谷底。　原因是我的存在价值似乎荡然无存了，我的生活顿然失却中心，我再也不被需要了，我不愿意生活下去，我完全否定了自己，没了自信、自尊、自爱的心志。　我只余下自怜、自怨、自暴自弃。　我不懂得照顾自己，在那段长达十年的岁月里，我几乎没有为自己做过一顿像样的饭菜，但只要我稍有精神体力，我仍然勉力给前夫预备便当。　直到我跟欧梵结了婚，承他的大度，他知道我心灵的需要，而让我继续照料前夫的饮食；也感谢前夫的谅解，让我继续照顾他。　现在回想起来，我倒要感谢他们俩，容忍我这个不可理喻的感性女子，任性地做着这种事。　直至前夫遇到了他的另一半，我才真正撒手不干了。　我才把照顾两个男人的心思，全部转移到欧梵一人身上了。　由于岁月的增长，我们的岁数渐老，我的厨艺理应更上一层楼的，可是，却反而退步了。　我越来越追求所谓的"养生饮食理念"。　讲求清淡而简单的烹煮方法。　什么少油、少盐、少糖、无添加、少炒、少油炸。　这样做出来的食物，自然没有太好的味道。　有时欧梵会笑着说："老婆，这菜如果多点盐会更好吃哩！"我晓得他的意思！　他也不止一次说："我真羡慕你的表哥的口福，他尝遍你在书中煮过的菜色，这些我都没有尝过呢！"我回答说："唉！　老公！我们现在年岁比以前老多了，身体负担不了那些美食了！"偏偏欧梵是个爱吃东西的人，他什么都爱尝试，也不太在乎味道的好与坏，这倒成了他的优点，他总是听我的支配，但偶尔也会反抗，和我在饭桌上拉扯，尤其和朋友在外吃饭时，他会乘机依仗友人的助力，争取多吃些我平日不让他多吃的，如肥肉，如甜食，如酒。　我实在拿他没有办法，只好趁此让步一下，好舒解一下彼此的压力。

为什么我控制欧梵的饮食有压力呢？ 这且容我细细道来吧！ 我前面把和欧梵结婚划归为我人生的第三阶段。 在我俩新婚的半年后，我的抑郁症复发，又折腾了半载后，我的病被中医治愈了，因缘成就之下，我受这信佛的医生牵引也信奉了佛法，从此走上了修佛之路。 那是十六年前的事。 这般漫长的修禅路途，我跌跌撞撞地走来，其间情绪偶有起伏。 这是件再平常不过的事情。 我是个尘世女子，佛法所说的贪嗔痴，我常常触犯。 贪嗔痴蒙蔽了我的心性，产生出许多妄念和不当的行为，因为心性的失衡，没有足够的智慧去判断何事可为，何事不应为。 拿饮食来说，是实行全素饮食呢，抑或半荤半素饮食法呢？ 多年以来，我来回转换，一时素，一时荤，都是听别人的说法，犹疑不决地来操控日常饮食方式。

这样的一种饮食行为模式，持续了好几年，反复地在吃素和吃荤之间徘徊交替，令我的信念纠结万分，很不安适。 直到最近，我从微信朋友圈中读到友人转发的一篇文章，把我的疑惑一扫而空。 我立刻感悟过来，再不执着要吃什么，不吃什么。 这篇文章里我受用最大的就是："适合的就是最好的"，亦即是说： 大道无道，大养无养。 自我理解，自我把握。"取精华，去糟粕，莫放任"。

这样一篇论养生的文章，给了我对饮食和人生很深远的启示。我们应该本着平常心来过日子，对事、对人的处理和交往，更是如此。 随缘随性地过好每一天。 以后我只要依照自心的意愿去选择食物就可以了，没有什么特定的食物对身体健康特别有益。 我吃了觉得喜欢，没有感觉不适，那就是我的生活方式，定能滋养我的身体。

　　由此，我往后烹煮食物时可以更加为所欲为。放开心怀地创作食物，开心地欣赏享受食物的味道，令致身心健康，那才是真正的"细味人生"。故此我愿意把这本书的名字，更新为《人间情长有细味》。

2017 年 10 月 8 日

我的妻子李玉莹是一个保险公司的从业员，生平从来没有写过文章。年前我们合写的一本书《过平常日子》，是一个偶然的机缘促成，并非早有意图。然而，那本书出版以后，几乎所有看过的友人都认为玉莹的文笔比我的好，真率、坦诚，非但笔锋常带情感，而且自成一体。我于得意之余，当然鼓励她再写下去，这一次应该独当一面了。

此书的缘起也与我有关。我刚出版了一本小书《音乐的往事追忆》，在篇首自序中提到普鲁斯特的巨著《追忆似水年华》。他可以花大量篇幅写出幼年吃过的小糖饼（madeleine）的味道，为什么我妻不可以写食物的往事追忆？她对吃过的菜过口不忘，而往往推陈出新，从别人的厨艺中悟出自己的新招，而且更有过之，自创新菜，因此在厨艺方面也自成一体。她的同事笑称她是"神奇女侠"，指的是她卖保险的方法与众不同，她从来不强人所难，每天看似懒洋洋的，但却生意不断。我认为她煮菜更是神奇，每天下厨从不费工夫，不到半个钟头就把两三样小菜端出来了，于是一声令下："老公，吃饭！"我马上乖乖就座，就座前一定不忘向她做一个18世纪西方贵族式的鞠躬，表示由衷的感谢。吃前心中暗道：又可以大快朵颐了！然而老婆边吃边看，我每夹一筷子，她都记在心头，不准我多吃，因为我有遗传的糖尿病。 但我又无所不用其极，抓住任何借口无孔不入地偷吃又多吃。 有时我们夫妻俩在餐桌上的真假拉锯战，也会演到朋友请吃饭的餐桌上，闹得大家不亦乐乎。 老婆说她在公开场合是演坏人，因为我的"悲剧"角色演得太真了，博得所有朋友的同情，纷纷要我多吃。

这吃与不吃——好吃却不能多吃——的乐趣，实在无法形容。 我人在福中颇知福，在节制与不节制之间，多少也享受了玉莹烹调出来的各种家常菜，这为我们的日常生活添加了一份无与伦比的温馨和欢乐。 我也爱屋及乌，时常请亲朋好友来家吃饭，住在香港的时候更是如此。 当然我也不会忘记玉莹的前夫文正，我们至今都是好友，他不止一次地在我面前赞玉莹的手艺，我于感激之余，也往往请他来共享，毫无醋意，甚至心中更多了一份甜蜜（虽然我不能吃糖）。

我说玉莹煮的都是家常菜，是真有所指的。 想起她这大半辈子，从小到大，从香港到美国，从伴读到伴教，大部分时间是做家庭主妇，从来没有为自己的兴趣和事业打算过。 多年来她以厨艺"普度众生"，尤其是在芝加哥十年的漫长岁月中，不知道填饱多少个游子的肚皮——包括我的在内，因我在她家搭伙曾有五年之久，也因而让我们亲身体会到温情的可贵。 玉莹在这一方面也是一个神秘女侠，从来大公无私，只知造福他人，从不为自己打算，以至于积郁成疾，经历过四次抑郁症的劫难。 幸而大难不死，这是她一生做善事的造化；能和她共享后福，也是我的幸运。

既然我们把婚姻的祸与福都公之于世，为什么不能把《过平常日子》中最重要的一环——饮食——也呈献出来？ 于是我就想出种种理由（包括普鲁斯特的小说）来鼓励她，想让她把多年来的"搵食"经验写出来。玉莹答应试试看，但不愿意只写食谱——也不一定写得出来，因为她用作料时向来不按牌理出牌——而是想每篇只写一两道菜和一段回忆，也可以和我的《音乐的往事追忆》媲美。于是她的灵感就源源而来，甚至一天可以写两三篇，有四五千字之多！她下笔从来一气呵成，不作任何修饰，真是"我心写我口"，一下笔就不能自休，短短三个多月，就写了六七万字。我在办公室忙得不可开交，她却怡然自得，从家里的卧室写到书房，又从书房写到咖啡店，有时候干脆到我办公室来"陪写"：我写"伊媄儿"（Email），她写食味儿；我边写边叫苦连天，她却正襟危坐，听而不闻，伏在我的研究桌上奋笔疾书，如入无人之境。我的事还没办完，她就会大叫一声："老公，你睇！"原来又写完了一篇！

玉莹的文笔也许太过朴素无华，因为她不是一个职业作家。她屡屡要我修改她的文章，我却不敢，因为改动多了，她的独特文体又变成了我的"学术语体"，味道尽失。我说她的文体是广东话和明清诗词小说中的文言融合而成的，没有其他修辞作料，如果用广东话来读，可能更有文味。她说这是我做丈夫的说大话，太夸张了。我反驳道：不少学者朋友，如王德威教授，都认为她的文笔自成一体，否则也不会约她出版这本书。然而，至今她仍然不承认自己会写作。毋庸讳言，此书得以出版，她的写作兴趣也因此而更加炽热。于是我又火上加油，向老婆建议：不如把多年来从事保险的经验写成小说？她见过三教九流各类男女，如果把他们的故事改头换面写出来，不就成了一本巴尔扎克式的长篇小说了吗？不要巴尔扎克也行，来一个香港社会的"商场现形记"也一样畅销！老婆听后竟然跃跃欲试。看来不到三五年她的身份就会有所改变，从现在的"资深保险从业员、业余作家"摇身一变，成为"资深作家、业余保险从业员"！

当然，这又是我一厢情愿的一面之词，老婆是不会相信的。将来写得成也罢，写不成也罢，至少写作可以成为我们共同生活中的一种乐趣。我自己也从来不自认是作家，因为我的作家朋友——如白先勇、杨牧、张错——太多了，而且都比我写得好。然而，把写作当成夫妇日常生活的一部分，并从而得到感情上的滋润，这种福气恐怕不是人人可得的。

这一本书，在内容和文体上我毫无更动，只不过改了文中的不少标点符号。除此之外，我经她同意，把文章就大致内容分成四个部分①：第一部分说的是她的童年，这个九龙城外的世界的主角是她的婆婆，所吃的食物当然广东味十足；第二部分叙述的是她在美国和前夫的生活，伴读又掌厨，普度众生，内中不乏酸甜苦辣味，也有不少动人但不惊人的情节；第三部分写的是和我一起过的平常日子，妙趣横生，把我的馋相也顺便写进去了；第四部分写的是亲友请我们吃的佳肴，玉莹把它写出来，也以此表达一点我们的感激之情。读者可以随意浏览，随意"啖"各篇的食物，甚或模仿着做，则更会使她快乐万分。

玉莹在书前当然要把此书献给我。其实，我觉得更应该把它献给无数个像她一样在柴米油盐堆中找寻存在意义的家庭主妇。

2003 年元月 2 日于香港

---

① 本书再版与初版在章节目录上有调整。——编者注

我妻李玉莹（现改名为子玉）的《细味：食物的往事追忆》的新编简体字版，终于在内地出版了，感到最得意的不见得是她，而是我这个老公。

在我的心目中，这本书——也是子玉独自写作出版的第一本书——早已成了"经典"，因为在众多有关食物的书中，它的确与众不同：它不是食谱（虽然也列了几个食谱），也不是小说（虽然"往事追忆"一词使我想起普鲁斯特），更不是自传（但有点自传的成分），而是一本颇为独特的个人散文集。重读这本书，也为我带来了无限甜蜜的追忆。

此书的第一版出版于台湾，名叫《细味人生》。时当2003年，简体字版旋即在大陆问世（广西师范大学出版社），反应不俗。记得它出版之后不久，我们在台北街头闲逛，在永康街远远看见两个时髦少妇向我们迎面走来，面带笑容，两个人都眼睁睁地盯着玉莹不放。待走到我们面前，其中一个就冲口说道："你不就是莹娘吗？我们刚看完你写的《过平常日子》和《细味人生》，太精彩了，我们看了好感动！"

我听了当然得意万分。《过平常日子》是我们合写的第一本书，她写的部分，比我写的动人得多！我多年来做惯了学者，用中文写作时，语言枯燥无味，说理太多，感性便不足（连现在提笔写这篇新序时，也有点捉襟见肘），而玉莹的文笔却自成一体，笔锋常带情感，处处表露真情，所以在读者的心目中，我们合写的三本书都算是她的著作。　即便如此，《细味人生》依然脱颖而出，因为玉莹追忆的"往事"，从她的儿时直到现在，娓娓道来，温馨的文笔中，令我感受到她童年时代的心酸，我每次重读那篇《婆婆魂兮归来，尝尝我的凉瓜牛肉》，都禁不住眼泪汪汪。　我猜在台北街头碰到的那两位女士和我必有同感。

以食物表现人生酸甜苦辣的文学作品，中外皆有；以食物追忆个人往事的，可能也不少，但就要看作者怎样来追忆了。　普鲁斯特可以为那块法国小甜饼写下数页文字，但他写不出"凉瓜牛肉"！　凉瓜就是苦瓜，初食的时候有点苦，但吃后的味道——而且还炒牛肉——就不同了。　这道菜一向是我妻的拿手好戏，看来平常，但我吃来并不寻常，总让我想起她这篇回忆文章。

套用托尔斯泰的一句名言——"幸福的婚姻，家家都是一样"，但托翁并没有说"端看你如何从食物中追寻幸福"，而这恰是我和玉莹结婚九年来的"家庭座右铭"。

这本新版在内容上有所更改和补充，书名也把"人生"删掉了，乃接受香港版编者的意见，也许谈人生的大问题在香港没有市场，但我妻和我一向以平常心来过平常日子，并从中得到一些日常生活的乐趣，在本书新版中，这种乐趣式的文章似乎增多了一点，特别是我们在朋友家中吃到的佳肴（见本书第五章），这也是向关心我们的朋友们表达的一点心意。　相形之下，我们两人平常日子的食谱，却越来越清淡。　不少朋友以为玉莹的厨艺惊人，暗示我们在家请客吃饭，但我往往善意回绝了，一方面因为我不忍看她在厨房辛劳（我们都已上了年纪），但更重要的是，我们吃得清淡惯了，突然大开筵席，反而搞乱了我们的日常生活：如果竟以粗食淡饭待客，又不够礼貌，因而多在外面餐馆宴客。

然而，"清淡"自有一番道理，至少，我们体会到一种日常生活中的"细致"感。每天吃我妻煮的早餐——每天都一样，小黄瓜加小番茄或小胡萝卜拌意大利醋、一碗现煮麦片（内加黑芝麻和各种营养食品，连我也搞不清楚）、一杯淡咖啡，我都不断地边吃边说："慢慢吃。享受，享受；品味，品味。"当然有时还不忘听一段巴赫或莫扎特。早餐完后，才会精神百倍地去写作、阅读或教学。

中餐和晚餐，我们在家都不上餐桌，只见老婆端上一碗"菜饭"——上面是数种五花八门、琳琅满目的蔬菜，外加几块肉或鱼，下面是热腾腾的五谷米饭，有时还有一碗广东清汤——吃得我连连大叫享受，甚至会站起来向老婆行欧洲贵族式的鞠躬礼，故意扬手作揖表示感谢。

这种吃法，可能非香港人所习惯，更非内地的作风。现在，内地城市中的生活早已进入"小康"阶段，我们每次到内地游览和访友，都会被请到馆子里大吃；在上海，光是"前菜"就有十数碟之多，正菜更是多得令人眩目。我在大快朵颐之际，往往也忘了老婆要我节食的忠告，或在餐桌上大演"拉锯战"，和老婆闹来闹去，故作楚楚可怜状，博取朋友们的同情，往往令旁观者失笑，但老婆却苦在心里，因为我俩都知道这一顿大嚼大咽，暴饮暴食，又不知会使我的血糖高上多少。

也许，每一个人、每一个家庭，甚至每一个社会，都有几个发展阶段：穷的时候朝不保夕（在此书和其他书中，玉莹也描写过），年轻或"发达"时期当然要大吃大喝，以为身体挺得住，到上了年纪，则百病丛生。

人生也有几个阶段。过了中年以后，身体健康第一，而健康的必要条件就是饮食的调理和节制。我引以为荣的是：我的身体，完全是老婆多年来用精心烹制的食物调理出来的，甚至遗传的糖尿病也控制住了。年轻的读者会认为这是"老生"常谈，但我自有一番"普及"的道理。其实，品味反而和"平淡"的生活有关，在我和玉莹的世界中，平淡成了我们日常生活中最大的乐趣，因为我们会不知不觉地"细味人生"，觉得生活上的每一个细节——或仪式——都不平凡，我在本书香港版的序言中有这样一段话：

> 只看老婆在我们的客厅窗下摆满一排她精心布置的花草，再把一篮她精心烹制的晚餐端出来，放在咖啡桌上（现在我们的生活更简单，连餐桌也很少上了），耳际早已传来我爱听的古典音乐，她甜甜地叫我一声："老公，吃饭喽。"我只有痴笑的份儿，连话都说不出来了！如果说出口来，恐怕只有我们在庆祝结婚七周年的私人晚宴时老婆对我说的话：我问她结婚七年来有什么感觉，她不假思索，冒出一个英文单词——"content"！满足，更知足；知足非但常乐，也为我们过"平常日子"增添了不少"内容"。

重看这本新版《细味》中的文章，发现内中所描写的食物，大多都是广东人所说的"小食"，而非"大餐"。猪油捞饭、凉瓜牛肉、酸辣汤、云吞面、碗仔翅、扬州炒饭、清蒸鱼、花生酱多士、毛豆干炒鸡胸肉……每一样小食都带来不少回忆，酸甜苦辣皆有之，就是独缺满汉全席、山珍海味式的"大菜"，甚至内中的几样她以前煮的拿手菜——如红烧元蹄——现在也吃不下了，即使想吃，玉莹也不做。反而就觉得她做得最精彩的是像"七色菜"式的素菜，这才需要精致的手艺。

过了将近十年的婚姻生活——今年（2009年）9月就要庆祝我们结婚九周年了——我们更满足，也更知足，所以非但常乐，而且觉得我们在香港过的"平常日子"更多彩多姿。 在这个市场挂帅、纸醉金迷的国际大都会过粗茶淡饭的平常日子，本身就代表一种"吊诡"或"悖论"（paradox）。 在此不揣浅陋，再为老婆的这本书吹嘘一番。 至少，看了这本书，你会像我一样，本能地走向健康、幸福的人生。

2009 年 4 月 11 日

"每天吃我妻煮的早餐——每天都一样，小黄瓜加小番茄或小胡萝卜拌意大利醋、一碗现煮麦片、一杯淡咖啡。"这是欧梵老师的幸福生活，至高无上的幸福生活。

可实事求是地说，我要是每天给我老公吃这些，或者他给我吃这些，我们会打起来。也即是，理论上，我觉得欧梵和玉莹吃得太"清苦"了，尤其中餐和晚餐他们就是"菜饭"了事，虽然这个菜饭是独一无二的李记出品，但熬不过天天吃啊！

我和他们一起吃过不少饭，请客的朋友无论是出于地主之谊还是我见犹怜的心意，常常趁着玉莹不注意，往欧梵的酒杯加酒，给他的盘子夹肉。人生得意须尽欢，这是我们的意识形态，所以碰到玉莹毫不妥协地把欧梵的甜点取消掉，总是令人心有不甘。但是，这些年，比老师、师母年轻一轮的我们呼啦呼啦皮带紧起来毛病多起来，他们却十年如一日地苗条，矫健，而且，更气人的是，还面色红润，用句上海话，阿拉是么闲话杠了。

没话说了，那就来听听玉莹的美食主义。不过，作为一个完整地看过两遍《细味》的读者，我想负责任地劝告已婚男女，这本书，如果你看了，那么，别让你老公或老婆看；如果你未婚，那么，作为婚姻最高纲领送给你的恋人吧。理由是，虽然书中指点了饮食妙方，但李氏菜系的最大难关在于，吃的人和做的人，相爱指数得超过白雪公主和王子，总之，要准备百分百的天真心情去闯荡百分百的世故人生。

也因此，《细味》绝不是一册有关美食的书，星洲炒米粉是手足之情，糟溜鱼片是痴情故事，而我唯一试过的玉莹手艺——毛豆干炒鸡胸肉——更是让我深深体悟"患难与共"这个词。毛豆干炒鸡胸肉我不敢恭维，但爱美食的欧梵老师却一吃四个月，陪着玉莹走出黑色忧郁。这事情，我讲给我老公听，结果我们吵了一架，彼此都嫌对方爱情没达标。所以，对于没爱到"美女和野兽"的地步的夫妻来说，《细味》真是很可能引发家庭矛盾的。

严格意义上，这就是一本"爱情传奇"，这个传奇包括玉莹和婆婆的感情，玉莹和被她叫作"阿姨"的妈妈的感情。而所有这些传奇，她入之饮食，出之饮食；既是日常，又是诗歌。我们跟着她坐在铺记和金庸聊杨过，跟着她到山王饭店听夏志清说黑人，嗯，幸福得不愿意离开。

而我相信，所有的这些伤心往事也好幸福时光也好，当玉莹把它们写下来的时候，欧梵老师才能更深刻地感受到。所以，堂堂大教授，在老婆面前，变得很低很低，低到我们最后顿悟，哎，人类学意义上的李欧梵是这么炼成的！

2009 年 12 月

目 录

三版新序：人间情长有细味　李子玉　　／ i

初版序：细味人生　李欧梵　　／ vi

再版序一：过平常日子　李欧梵　　／ x

再版序二：李欧梵是怎么炼成的　毛　尖　　／ xv

第一章　儿时食物

小厨师牛刀小试　／ 3

小学时代的早餐——猪油捞饭　／ 8

婆婆魂兮归来，尝尝我的凉瓜牛肉　／ 11

诗人的酸辣汤　／ 15

一飞冲天——"一条龙"云吞面　／ 18

赴汤蹈火也要吃的碗仔翅　／ 21

情痴老师的糟溜鱼片　／ 25

广东式的扬州炒饭　／ 29

第二章
小巧妇伴读又掌厨

麦当劳的甘苦回忆　　/ 35

招贼入屋的红烧元蹄　　/ 38

当垆卖饼苦经营——咖喱饺　　/ 41

可乐鸡——母女诉衷情　　/ 45

手足情深的星洲炒米粉　　/ 51

皮蛋瘦肉粥，暖透游子心　　/ 54

五香猪脚补筋骨　　/ 58

广东烧鸭情系一线牵　　/ 62

第三章
忧郁记愁

吃素吃荤俱随缘　　/ 67

情绪指标的五味牛腱　　/ 72

生命存在的证据——清蒸鱼　　/ 75

孤独而实在的花生酱多士　　/ 78

过年萝卜糕　　/ 81

忧郁的菜式——毛豆干炒鸡胸肉　　/ 85

哈佛广场的好面包　　/ 89

一碗麦片粥——吃出几种心情　　/ 92

第四章 平常日子的食谱

龙凤呈祥的三杯鸡　　/ 97

七色菜——为平淡生活添加色彩　　/ 100

在剑桥的健康早餐——煎蛋卷　　/ 103

栗子冬菇炆鸭，欢度感恩节　　/ 106

空前"绝味"的马六甲海南鸡饭　　/ 108

油条脆烧饼香，绝配咸豆浆　　/ 111

莲藕情意长，红豆最相思　　/ 114

左宗棠鸡——不是广东菜的广东菜　　/ 117

酸话梅排骨好滋味　　/ 121

素净心境吃素乐　　/ 123

第五章 名士佳肴聚温情

心灵鸡汤忆难忘——聂华苓女士　　/ 131

可敬可爱的黄苗子　　/ 134

大侠金庸　　/ 138

夏志清先生印象记　　/ 141

无惧胆固醇的余英时太太烤鸭　　/ 144

三文味馥郁，两女玉娉婷　　/ 147

从"酒蟹居"到"晚晴轩"　　/ 150

养女婿的麻婆豆腐　　/ 154

砂锅鱼头的缘分　　/ 157

李欧梵的食物往事　附录

老婆和我的养生之道　　/ 161

儿时的食物往事追忆　　/ 167

母亲和菜单　　/ 173

在美国留学时期　　/ 179

再版后记　　/ 185

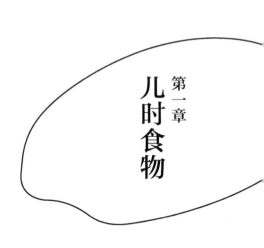

第一章

儿时食物

小厨师牛刀小试

　　小时候，我的家在香港九龙城的一幢旧楼里。 我们从二房东处分租了一间房，婆孙三人合住着。 那是一幢所谓的"唐楼"，有好几户人家合住，厨房相对显得细小，所以小孩子是禁止进入厨房的，也因此厨房对于我反而有种神秘的吸引力。 熊熊的火焰可以烧出美味的食物。 从小我就很想做个小厨师，但只能在日常游戏中实现——有些时候，我喜欢在厨房外偷看外婆烧菜。

外婆虽然是北方人，但烧的多是广东菜。平日她一大早到菜市场买菜，每天三顿从不假手他人。我当然没有机会烧菜。直到有一次，她患了重病，实在爬不起来给我和哥哥做饭，这倒成就了我当厨师的梦想。那天我跟哥哥在厨房弄了半天，烧出两样小菜，其中一样是酸甜肉，又名咕噜肉，是海外唐人街必备的菜式。这味菜煮来颇费功夫。猪肉最好选上好的五花腩肉，炸后肉质甘香。先把腩肉炸至金黄色，炸肉时需小心控制油的温度和时间。哥哥和我都是生手，把肉炸得焦黄，酸甜芡汁又太酸太甜了，最后加上的菠萝及青椒都沾上油锅中一粒粒黑色的小焦点，既不美观又不可口。事后外婆还教训了我们一顿。都怪我们把火烧得太猛了，既烧干了油又炸焦了肉，白白浪费了一大斤生油。

经过这次失败，我才觉得烧菜并不是桩易事，要烧得味道好更难。往后的几年，外婆年纪逐渐大了，我进厨房的机会也多了起来。但我对于烧菜的兴趣却相对淡了下来。由于每次进厨房都是因为外婆病了，令我这个本来一无挂虑的少女，从此多了一重心事。我时常向天祈求，保佑外婆无病无痛，万寿无疆。无奈事与愿违，她七十三岁那年就永远离我们而去，那年我才十六岁。

外婆去世那年，我高中毕业，暑假找到一份当小学教员的工作。9月下旬拿到了有生以来第一次赚来的薪金，我特别邀请外婆和哥哥出外晚饭。我们婆孙三人穿着整齐，跑到家附近的香香餐厅。虽然我们都不大爱吃西餐，但为了隆重其事，还是选择了西餐。外婆边吃边唠叨地说："鬼佬（洋人）真是不曾开化，吃饭用刀叉，又不是要跟人家打架，哪及得我们中国人用筷子来得文明。"她使劲地切着牛排，放到嘴里，用她的两排假牙跟牛排厮磨着，花了大半个钟头才把它们吃完。最后，她悻悻然地说："赚到钱，请我吃几颗花生也很开心，下次阿哥赚到钱请我上茶楼好了。"哥哥却没我这般幸运，外婆吃了这顿饭不到一个月即与世长辞了，我们再也没有回到这餐厅来。二十多年之后，我回到九龙城寻找这家餐厅，却已是面目全非了。我站在街边良久，企图寻回我脑海中的九龙城面貌，但只剩下零零碎碎的回忆。

50 年代末至 70 年代初，我们家住在九龙城，虽然搬过好几次，却还是在同一区域。 那时候香港的经济还未起飞，人们生活较清苦，往往一幢楼房里住上好几户人家，通常由二房东把房间分租给三房客，厕所、厨房公用，地狭人多，摩擦自然容易发生，时常为了争用洗手间及厨房而争吵；但也有邻居和睦相处、时常守望相助的，我们的邻居就是如此。 有时外婆病了，邻居为我们煮饭，也会扶她看医生。 曾经有个二房东夫妇待我们如子侄，他们家的孩子和我及哥哥一起玩，房东的女儿比我们年长几岁，我称她云姊姊。 云姊姊每次看电影都邀我做伴，我们共同度过了许多愉快的时光；有时我被外婆责打，她又替我求情。 后来她嫁到美国去了，这段友情一直维持至今，虽然我们各散东西，但我每次到纽约都会拜访他们，如果我有女儿，说不定愿跟她的儿子结成秦晋之好哩。

我也曾住过一幢房子，房东是个潮州人，他们一家人多势众，遇上房客得罪了他们家人，就会全家同仇敌忾起来，拿刀喊打喊杀，好不怕人。 虽然他们待我们不错，但外婆也免不了提心吊胆，怕有得罪他们的一天，被他们拿刀斩杀。 她曾经颇为认真地跟我说："你长大了，什么人都可以嫁，就是不要和潮州人结婚。"若干年之后，有个潮州友人向我展开追求，我总是无法喜欢他，可能是外婆的这段话影响了我。

　　九龙城是个小地区，总共只有十多条街道，边陲被城寨包围起来，与其说城寨包围着九龙城，不如说城寨的围墙孤立了城寨。 城寨是个神秘的地方，阳光似乎照不到那儿，走到里面，街道都是短小而狭窄，九曲十八弯的，很容易迷路。 如果你不住在里面，一旦进去了，就很难找到出来的路。 这儿是"三不管"地带，港英政府管不着，中国政府更理不到，所以就成了"三不管"。 里面藏污纳垢，吸毒、赌档、妓寨、走私巢穴、拐带人口，应有尽有。 外婆是禁止我们进去的，但年幼而好奇心强的我，有些时候还是会瞒着外婆到里面观光。 当时我有位很要好的初中同学住在城寨里，有时放学后，她领着我到她家玩耍，我总是带着探险的心情在那儿浏览，同学成了当然的向导。 她告诉我很多里面的故事：哪个邻居是贩毒头子，谁的女儿又是妓女，她的亲人中也有吸毒的。 这些事听来叫我咋舌，她却是司空见惯，没什么稀奇。 她领着我在横街小巷中穿插往来，很多次在小巷暗处看见三两个男人蹲坐着，口中含着一条用锡纸卷成的长筒，旁边有一盏小灯燃烧着小火头。 我同学说："他们是吸毒者，也叫道友，他们正在追龙（吸毒）。"我看见烟雾从他们口中吐出，而表情近乎欲仙欲死，大概他们很享受这种感觉吧。 难怪有人不惜倾家荡产买毒品，甚至不顾及日后可能会横尸街头的下场。

　　那时我家有位邻居，模样斯文。 他单独租住一间小房间，长得英俊潇洒，穿着整齐，一副绅士气派。 有一天我经过他的房门外，看见他含着一支香烟在吞云吐雾，更不时把一些白色粉末放在香烟中烧着。 我看得发呆，却不懂他在做什么。 后来听外婆说他是个"瘾君子"——也是个吸白粉的人。 若干年之后我们回到旧居探访，才晓得他因为中毒过深而病死在医院中，死时只有四十岁。

　　邻居中有一个男孩子跟哥哥最合得来，外婆也很喜欢他，他父母就让他拜外婆为谊母，到外婆去世时，他还执子侄之礼，甚恭。那时他家庭环境颇为丰裕，后来才知道，他的爸爸在城寨里是个贩卖毒品的头目。到 70 年代，城寨被拆迁了，他们才改邪归正，但外婆却不及见到就去世了。

城寨里有个小村名东头村，既有东头村，自然就有西头村。相比之下，东头村较出名又别具特色，整个村开设了不下数十家牙科诊所及牙科用品商店。那些牙科医生大多来自内地，都没有拿到专业执照。由于他们取价廉宜，倒有不少病者光顾，外婆的一口义齿就是求助于他们的。可能是那时的技术仍未发展得很好，义齿戴上后，往往很难咀嚼硬物，故我们家的菜式都煮得很软，以便于咀嚼，例如豆腐煮鱼、蒸水蛋、凉瓜炆鱼都是外婆的拿手菜。她的早餐是白粥、肠粉加牛脷酥（类似油条，只是略带甜味）。我小学和中学时期都念下午班，所以偶尔也跟外婆到菜市场去。她通常都选定同样几个档口买菜，菜贩、肉贩都认得她，亲切地跟她打招呼，都称她矮婆婆——她也真是长得矮小，大概五英尺还不到吧！她短小的身躯在人堆里穿插，不消十五分钟，该买的东西都齐备了。

记得有一次，外婆病了，我独自往市场买菜，跑到菜档去询问价钱，因嫌太贵而没有买成，结果招来一顿臭骂，我飞快跑离市场，从此买菜再也不敢先问价钱。日后当了主妇，也还是糊里糊涂，对于食物价格，从来是十问九不知，更遑论当个精打细算的主妇！

小学时代的早餐
——猪油捞饭

　　去年的冬天，白先勇先生在香港岭南大学讲他的小说创作。 会后由校方的中文系宴请到元朗的大荣华饭店用膳，欧梵和我也是陪客。 那天晚饭吃了些什么菜式，现在都记不起来了，只有其中一道压轴菜——猪油捞饭，却是印象深刻。

　　猪油捞饭是我童年时代经常吃得着的食物。 念小学的时候，我家境并不富裕，日常三餐都吃得简单——祖孙三人每顿饭只吃两碟子菜，早餐更是寒碜。 那时候一般人都不太注重早餐，随便吃些什么便算。 在严寒的冬日早晨，哥哥和我被外婆从温暖的被窝里揪出来，不情不愿地胡乱洗脸漱口后，外婆已经给我俩盛了两碗热乎乎的米饭来，另一碗乳白色冻结了的猪油。 我们各自把一大汤匙的猪油放进仍在冒热气的米饭里，轻轻搅动数下，块状的猪油即熔化在碗里，油光亮亮的，再加入一汤匙酱油，那碗饭看起来如外婆那一头涂了茶花籽油的乌亮头发，十分好看。 有时外婆给我们切上一小把葱花，撒在饭面上，更是色香味俱全。 饭后通常再添上一杯甜豆浆，那种舒坦的感觉，简直可以令人升天做神仙去了。 原来赖在床上的慵懒都在吃过这碗猪油捞饭后而睡意全失。 很多个寒冷的早晨，都是因为想着要吃这碗饭而撑着起来上学。

小时候，我很爱看着外婆制作猪油。 猪油价格便宜，有时甚至不用花钱买，肉贩卖剩了就干脆送给外婆。 猪油者，猪身上的纯脂肪，多成网状，即所谓的猪网油，此部位的油特别甘香油滑。 以前酒楼的厨师都指定用猪油来烹调菜式。 猪网油在放入锅之前必须用清水把它洗干净，撑开的网状脂肪令我联想起做棉被的棉纱，条条棉线纵横交错连成网状，也是纯白色的，仿佛织成一个接一个白色的梦。 外婆把它切成块状，我那白色的梦也跟着破灭了。 块状脂肪在慢火烧着的锅中逐渐熔化，油从少到多，锅中浮着大小不等的油渣子，滚烫的油锅不时发出吱吱的响声，如果一不小心，把水滴在锅中，就会发出更大的劈啪声响，一旦走避不及，更会弄得"花容失色"，所以做来要十分小心。 待油渣子冷却后蘸着白砂糖来吃，香甜酥脆，味道好得无与伦比。

我们如此吃着猪油捞饭当早餐，度过了整个小学阶段。 到 60 年代中期，妈妈有次从英国回来探望我们，她知道我们三人一直吃着猪油捞饭作早点，便向外婆提出严正的警告：猪油吃多了会把血管堵住，况且我和哥哥都在发育期中，这样的早餐似乎不够营养。现在想起来，妈妈的保健常识也真够先进，那年代的人对食物健康的警觉性还不是很高，但她毕竟是住在英伦多年的人，知道先进的医学常识。

从此我们在早上再也吃不上猪油捞饭了。

直至有一年，我和哥哥都在念大学。英国却发生了有史以来最严重的邮政人员大罢工，所有从英国寄来的信件都无法传递。由于我们兄妹俩全靠妈妈的外汇过日子，一时间我们的经济陷入困境，差点儿变得三餐不继。我这个当家的"小主妇"，顿时费煞筹谋，所谓巧妇难为无米之炊，忽然想起以猪油捞饭当午餐，在饭中加枚生鸡蛋拌着吃，既富营养，味道又可口。刘绍铭先生回忆着吃马铃薯的日子，我却庆幸猪油捞饭助我们渡过难关。

那晚在元朗吃饭，我是吃了半碗猪油捞饭，但味道似乎跟儿时所吃的大有出入。饭色是一般的黑色，却缺乏应有的光泽，含在口中细嚼之下，原有的香滑滋味没有了，可能是我只放了一小匙猪油之故。同桌的十几个人中，只有一半人有胆尝试，其余的人说："猪油胆固醇高，少吃为妙。"

那天我没让欧梵吃，他听话没吃，事后也不引以为憾。因为他从未品尝过其中的美味，我担心他吃过一次之后，要嚷着吃第二次，甚至以后的无数次，因为它实在太好吃了。我发觉，知道的健康常识越多，越叫我不能开怀大嚼；对于猪油捞饭的美味，只能从童年的味觉回忆中寻找了。

婆婆魂兮归来，
尝尝我的凉瓜牛肉

　　婆婆你虽原籍天津，却不谙乡音，每次碰上说普通话的人，你都说他们说的是"鬼话"，你忘记了这是你的家乡话吗？　你十几岁随父母到广州，下嫁给原籍浙江绍兴的公公——另外一个不会说家乡话的南方人，你成为"地道"的广州人是很自然的事。　日常你给我们烧的都是广东菜，但你嗜食味道浓烈的菜式却多少还是带有北方口味。　其实你的胃不太适合吃刺激性的食物，但你总是跟你的胃过不去，所以你时常闹胃痛。

　　今天是你的回魂夜，我特地为你做了凉瓜（又名苦瓜）牛肉这道菜，供在你的灵前，这是你生前最爱的菜之一。　凉瓜属苦寒，你每次吃过后都招来一夜的咳嗽，不得好睡，但你还是爱吃。　现在嘛，不打紧了，你不会再咳嗽了。　他们说你今夜会被地狱公差即牛头马面押解回来，在你投胎转世之前，回家见见你的亲人。　回魂夜，这种叫法很吓人，魂魄又是怎样的一种东西？　是有形的抑或是无形的？　听说鬼魂都是长发披肩、脸色灰白、两眼无神，更何况被面目狰狞的牛头马面公差用锁链拉回来？　锁链又长又重，你佝偻着腰背走回来，我们不忍见你这种情状，虽然很久没见你，却又不想见到你。

　　哥哥今早买来两颗安眠药，我们预备今晚睡前服下，他说我们会睡得死熟，你回来摸我们，看我们，我们都会浑然不知。　但你千万要留下一个标记，让我们晓得你曾经回来了，请赏光吃一些我们预备的供品，也可以喝一小杯白酒，人说一醉解千愁，你当了鬼也许不会有忧愁吧？　你就算只吃一口凉瓜牛肉，我都知道的，我称过了这盘菜的重量是十三两，不多不少。　一口大概重五分吧！

　　婆婆，这菜的味道很不错，煮法可算得自你的真传：牛肉先依横纹切片备用，调味料有酱油、糖、麻油、粟粉少许。　凉瓜去瓤切条放在热开水中烫一下，然后在热锅中烘干水分，再烧红锅，把牛肉快炒数十下上碟；再捣烂蒜粒及豆豉，倒入滚油中与凉瓜混合快炒数十下至凉瓜变软，最后加入已经炒熟的牛肉略搅动一下即上碟，如此就成了一道可口的菜式。

　　昨夜睡到一半被哥哥的哭声吵醒了。　睡眼蒙眬中看见他的身体半匍匐在地上，双手护着眼睛，喉咙放声吼叫，发出椎心泣血的悲鸣和呼天抢地的喊声。 我看着，听着，睡意全消，也屈膝坐在他旁边，陪着他大哭起来了。 在那一刻，我觉得我们真成了无依的孤儿。 婆婆你没有白疼哥哥一场，这几天他从早到晚都忙于安排你的丧事，没吭一声，也没流过一滴眼泪。 从送你到殓房，到去医院领取死亡证；买棺木，选山坟，安排出殡及安葬，更有日后替你做的超度法事等，都由他一力承担，我这小妮子什么事也帮不上忙。 多亏他费心了，才十八岁的少年似乎比别人早熟。 婆婆！ 你大可放心，我们兄妹俩会互相照顾的。

你的猝死令我们这对小兄妹束手无策，眼泪才流出一半就被吓得缩回肚子里去了。 救护车不是送你到医院，却是直接送到殓房去，我们才惊觉到你已经永远离我们而去。 你死前一刻仍惦着哥哥，直到听见他在旁边大声唤婆婆，你才肯咽下最后一口气。 之前我把你被汗水弄得湿透的身子扳过来，斜靠在我的肩膀上，那时你的双目紧闭，脸色如灰，嘴唇更无一丝血色。 我害怕极了。 我大声呼喊你，你的喉咙发出咕咕之声，我赶紧叫人把哥哥找回来，他应该下课了，在家附近的球场玩要。 邻居也请来你平日看惯的西医，他不愿意开药，长叹一声就走了。 哥哥回来跪在床前喊你几声，你便安心而去了。 但你去得太突然，没一点儿预兆。 你多年的哮喘病，叫我们平日操心一场，你不愿累人的个性，至死也不连累我们来回跑医院。你不用羡慕亲家母善终，你也是个好人，今世修来个好死——十五分钟之前还准备到洗手间洗澡，三分钟后出来嚷着头痛，躺在床上就昏死过去，这是何等的福气修来个好死！ 虽然你修得好死，而且你这一世都在求神拜佛，没有做任何亏心事，也尽量积德行善——你说这是你做人的宗旨——但是我们仍然怀疑你是否可以顺利投胎转世。

为了确保你的魂魄可以找到你的"真身"，哥哥决定找来八个和尚，为你在单数七七之期做法事。据说经过这几次的超度法事，你下世投胎再做人一定没有问题，说不定还可以早登西天极乐世界。

明天就是你去世的第七天，是所谓的头七，挺重要的日子。我记得你曾经说过："生时日过日，死后七过七。"即死人是以七天为过日子的单位。你到底有没有回来吃凉瓜牛肉？我们吞了安眠药，睡得昏然，早上起来头脑仍是一片迷糊，忘记了称那盘菜的重量是否减轻了。明早我会煮凉瓜牛肉供奉你，如果你上次没有尝到，明晚仍有机会再尝呢！哥哥今早去了纸扎铺，订购了一批纸扎物及元宝，明晚烧给你。纸扎物式样繁多，有女佣人供你使唤、洋楼一幢、汽车、麻将牌——因你现在闲得很，怕你闷，搓搓麻将正好消磨时间。最重要的是一座纸桥，没有这座奈何桥，你的魂魄就到不了对岸找你的"真身"，更遑论投胎转世了。这些纸扎物只在头七烧给你，以后三七、五七、七七只有和尚诵经，你听到经文就灵魂安息，忘记前世的一切苦厄，奔向往生的极乐。

婆婆！现在你理应是无牵挂了，前天我和哥哥在殡仪馆守夜，看见你躺在后堂的一张小床上，经过化妆的脸颊明显比生前丰满，脸色更是出奇地红润，明知道是胭脂的色泽作怪，我们却安心了。你那安详的脸容是我以前从未见过的，自此你再不需要忧心生计，更无须受疾病之苦，想你有生之年从未如此惬意过吧？在那喃喃的和尚诵经声中，愿你的灵魂直奔极乐，永远脱离尘世的苦难。

诗人的酸辣汤

外婆去世后，我们兄妹俩搬离住了十多年的九龙城。 新居在九龙何文田区的梭椏道，位于窝打老道的一条短短横街上，街口就是著名的培正中学。 那儿是中产阶级住宅区，环境可算得上静中带旺。 街道一边接九龙塘，另一边是旺角，交通往来都很方便，我们在那儿度过了四年的大学时光。

在一幢半新不旧的洋房里，我们兄妹各租了一小间房，房东是一对中年夫妇，他们都是教育界人士。 丈夫陈先生在一所小学当校长，陈太太在另一所小学教国文，她样子甜美，性情温柔，身段高挑，年轻时是个篮球健将。 但我见她的时候她却是满脸病容，她的丈夫称她为"正亏军总司令"（"亏"与"规"在广东话中同音）。 大概她正在经历妇女的更年期吧，因此她对于饭菜的配搭十分重视，很讲究食物"寒凉冷热"的属性。 她时时告诉我："病从口入，你还年轻，大概不会理会什么食物配什么体质吧！ 唉！ 我是久病成医，你懂吗？"我懂得其中道理，已是三十年后的今日。

在这房子里，只有我和房东太太共用厨房，只要彼此时间配合得宜，就可以一人独占偌大的一个厨房，让"初挑大梁"的我可以自由发挥厨艺，更何况那时除了哥哥之外，还有两位"常食客"。 他们都是哥哥的朋友，在中学教书，一位是诗人，早年肄业于南京中央大学中文系，后在香港写小说当编辑，后来才执教鞭。 他姓邓，我们尊称他为邓公，年纪不大，刚步入前中年——大概四十岁，身材中上，小腹微隆，脸孔圆而色红润，笑起来一脸天真，性情爽快，常自称毛泽东的同乡，却没有毛氏的霸气——从他的字体及诗文中，可见他温文敦厚的性情。 虽然他仍未结婚，但择偶条件仍然不肯降低。 他常带笑说："为什么我从未碰上一个美腿小姐？ 不然我早已结婚了。"我猜他的择偶条件不是他所说的如此简单吧。

那年我刚入浸会书院中文系，邓公常来我家做客，每星期大概两至三次。 我们有个约定： 他教我作诗，我烧饭给他吃，这么一来我学会了作诗，又有机会练习我的厨艺。 大概他是湖南人之故，特别嗜吃辛辣的东西，他每次来，我都为他做一样辣菜，最常做的是酸辣汤——我做的酸辣汤，他喝得过瘾——通常用罐头鸡汤作汤底，然后把嫩豆腐切丝，其他配料有笋丝、云耳丝、金针菜，最后加上鸡蛋黄及粟粉勾芡成羹状。 除了邓公之外，我们三人都是南方人，均不大能吃辣，只有看着他大快朵颐。 他时常边吃边称赞我："好耶！ 妹妹，你煮得真好！"我时常被他夸得信心大增。 他也很守信用，每次来都在我煮菜时作诗，每每煮一顿饭的工夫，一首至两首七言律诗已急就而成，饭后即席挥毫，把诗句写在月宫殿纸上，贴在我房间的墙壁上，每星期更换一次。 我每晚睡前默默吟哦一阵，如此耳濡目染之下，我那段时期的字体都酷似"邓体"了。 在唐宋诗的课堂上，我不时都能咏出佳句，受到老师的赞赏，这都是拜邓公所赐，他却说是我做的酸辣汤给他灵感。

至于另外一位朋友，他对我的影响却是截然不同。 他毕业于香港中文大学哲学系，师承唐君毅，后来念硕士，修的是艺术。 水墨画是他的专长，常常仿画齐白石的小鸡、小猫，也有花篮、水果，往往几笔勾勒即显生趣，使我这个作画的门外汉大为佩服。 大概他就是利用这门手艺来逗我开心。 他年近三十却仍是未婚，来我家吃饭当然是因为不会烧菜。 但我事后估量他也想借此来亲近我，所谓醉翁之意不在酒。 除了吃饭之外，每次还为我作画，偶尔当他单独来吃饭时，更有意向我表达倾慕之情，但我这情窦未开的十七岁少女，却有负他的厚爱。 谁叫他生而为潮州人？ 对于外婆给我的忠告，我是一意遵守的。

三十年后同样是来我家搭伙的另一个人——河南人李欧梵——在芝加哥大学时在我家吃饭五年，再经过十年之后，却与我成就了一段美满姻缘。 此之谓有缘千里来相会，无缘对面不相逢。

一飞冲天
——"一条龙"云吞面

　　念初中二年级的那年，我在班主任带领下信奉了基督教，而且决定接受浸礼仪式，加入教会。　这本来是件可喜的事情，但在我的家庭中，却被外婆视为大逆不道。　外婆信佛，以为我信奉基督教之后，就不会敬拜祖先，到她百年之后，要受我清明一炷香，恐怕是不可能的事了。　所以我在受浸前的上午，倍受责难，甚至跪在地上求她的宽恕。　她说如果我要去受浸礼，此后再也不认我作外孙女。我求呀，哭呀，终是得不着原谅。幸好有哥哥在旁劝说，才勉强让我去受浸礼。

经此一役后，在我幼小的心里，觉得为主耶稣受苦是值得的，将来必上天堂。《圣经》说："为义受逼迫的人有福了，因为他们必得见上帝。"从教堂回家已经是晚饭之后，幸好外婆并没有逐我出家门，只是好几天对我不理不睬。

受浸那天，教会的一位姊妹请我吃饭。初时，我有点犹豫是否应该接受邀请，最后还是去了。我觉得受浸后，便成为新的人，不再懦弱怕事，凡事以主耶稣的事为念。其实我们没有吃很丰盛的晚餐，只是到我家附近的一家面店吃广东面食。我最爱吃云吞面，还配有一碟油菜。那店名很特别，叫"一条龙"，之前我去过很多次，每次都是跟班上的同学在那儿吃午饭。面是爽脆的银丝细面，云吞以猪肉和鲜虾为馅，汤味鲜美，据云是用一种名叫大地鱼的鱼干熬煮所成，有种特别的香味。后来在美国的唐人街都无法找到跟香港一般的云吞面，可能在美国买不到大地鱼吧！

我吃过那碗云吞面后，当一个虔诚的教徒有一年之久。在此期间，我不再嚷着上电影院；外婆要我替她点香烟，我也婉拒了；在黝黑的楼梯间上下，我也不感到害怕，外婆有次还向妈妈夸赞我变了。但成年之后，我又打回原形，其实我的原形本来也不坏，只是比较活泼而已。

我对信仰的"温度"虽然时有增减，但对于云吞面的喜好程度，却没有分毫改变，而且离开香港越远，我越爱吃它。在美国居住的日子，我时常亲手包云吞吃。云吞皮大多可在唐人街买到，馅肉用半肥瘦猪肉打碎后加入已剥皮的鲜虾肉，再加进调味品如胡椒粉、生抽、盐少许，以筷子搅五分钟至馅料成胶状，放在正方形的蛋皮中包成云吞。至于汤，既然无法以大地鱼熬成，用罐头鸡汤代替，也算是聊胜于无吧。

每次吃云吞都让我想起儿时的经历，禁不住对自己的"勇敢行为"肃然起敬。年纪老大后，我处理事情瞻前顾后，丧失了应有的热情，人生亦不再刺激了。我不再是条一飞冲天的龙，而是不时睡在地上的软皮蛇了。

赴汤蹈火也要吃的碗仔翅

　　碗仔翅是我最爱吃的儿时食物之一，顾名思义就是用小碗盛的鱼翅汤。 鱼翅汤是名贵食物，我小时候只在一次吃结婚喜酒时尝过，味道却比我在街边吃的逊色得多。 街边的翅又是否是真实的鱼翅呢？ 答案当然是不，只是外表类似鱼翅汤的羹而已，味道当然也想仿效鱼翅汤，但却模仿得似像非像，因此才特别好吃。 我不知道其他人感觉如何，我个人认为是天下少有的美味。 我不是个馋嘴的小孩，但每次喝碗仔翅，都叫我再三回味。 碗仔翅通常都是用小碗盛着，大概用意是取其名贵之意思，大碗即显得粗糙了，不会让人吃过后犹有意犹未尽之感。

记得念中学时，老师时常告诫我们，不要在街边吃东西，除了卫生原因之外，当然是因为所谓的守规矩，随街吃东西有失观瞻，尤其是穿着校服的学生，更加不能行差踏错。 但可恨的是，好吃的摊子都是在街边摆卖的，而且价钱便宜，家里给的零用钱，只够吃这些街边小食。 我的胆子比较小，怕被负责风纪的同学见着，报告给老师知道，惩罚是记小过。 当时三个小过是一个大过，三个大过即要被赶出校门。 我自认是个好学生，是绝对不能被记过的。 所以平日上课途中，虽然见到许多好吃的小摊食物，但都匆匆走过，以免受不了诱惑而停下脚步来。 有时实在忍不住了，就放学时买一些回家吃，但食物冷了，没有热烫时来得味道好。 只有一样东西拿回家也还是好吃的，那就是烤番薯（又名地瓜）。 整个中学时期，曾经有一次冒险在街头吃了一碗碗仔翅，就是那么一次，就吊了我多年的胃口，直至上大学时才敢吃第二次，以及以后的无数次。

中学六年之后，我进了浸会书院中文系，再也不受所谓的风纪队监视，可以为所欲为了。 大学老师通常不管规矩，当然是认为我们已有足够的自制能力，不会干出太过分的事来。 我以为在街头吃东西不是什么不法行为，肚子吃坏了，后果自负就是了，顶多是拉一场肚子，没什么大不了的。 浸会书院在九龙塘，我家住在梭椏道，介乎旺角和九龙塘之间，在上学途中，少不了也遇到街边档，有很多好吃的东西可买。 其中就有一个男小贩，他做的碗仔翅味道特别好，比我多年前吃的还更好吃。 从此，我几乎每星期都吃上一碗，如果哪个星期没能吃上，就有种怅然若失之感。

那时我是个不努力的学生，选读中文系之前，我对中国文学有种幻想，以为老师会教我欣赏诗词或小说导读，采用比较具有趣味性的教学方式。 谁知课程大都是枯燥无味的文学导论、文学史、训诂学、小说史等，纵然有诗词课，老师也都是拿着别人的教本，做着搬字过纸的"运动"而已。 教我小说与戏剧那门课的是名作家徐訏先生，当时他是中文系主任，年纪也快七十岁了，教书很认真，但演说却不动听，很爱用蝇头小字把笔记写在黑板上。 他态度温文尔雅，衣着崇尚欧洲式样，很有学问，但却不知道如何传授给我们。 我当时年少无知，缺乏耐性，觉得他的数据可在某些书上找到，用不着枯坐在课堂上抄录下来，所以时常取巧逃课，和几个同学吃碗仔翅去了。

浸会学院毕业后，我找到一份小学教师职位。 学校在九龙彩虹村里，附近有许多熟食小摊子。 我对于在街头吃东西的兴致仍然很浓，也没有因为已经为人师表而有所顾忌。 记得有一次正在吃碗仔翅，却有个我班上的女学生跟我打招呼，我看看她，原来她也在吃着碗仔翅，她的神情一点儿也不惊慌，反而是我有一种被逮着了的感觉。 不过回心一想：我从没有警告过学生不准在街边饮食，登时感到释然。

在香港教书只有短短的两年，我又回到大学当学生，去了美国南伊利诺伊州的大学。 那儿是个小城，学生两万多人，占了小城的大部分人口比例。 那儿没有像样的中国餐厅，更不用说买中国的煮菜材料，顶多买斤小芽菜，其他好吃的中国菜则全赖文正爸妈从香港按月寄来的罐头包裹，里面有香菇、罐头食物，有时也有家乡零食。如果要吃中国菜，非要动脑筋不可，时常要做到无中生有。

有一天实在太想吃碗仔翅了，于是动手炮制。以往从未做过，单凭记忆中的味道，试着做出来。汤用罐头鸡汤，猪肉切细丝，加调味料——酱油、绍兴酒、糖、粟粉，与肉丝拌在一块。烧开罐头鸡汤，猛火时放入肉丝，煮两分钟，加入蛋清一只，吃时滴麻油少许。完成后我试着喝，但觉得味道很不像街边的碗仔翅，却也不难食，只是不够味道。

1991 年我在沙田第一城的菜市场再次尝到碗仔翅，味道也远逊于以前我吃过的。事后思量，究其原因，大概是偷来的东西最好吃，碗仔翅虽不是偷来的，但吃的时候都是偷偷摸摸的——逃课来吃，不是偷吗？无论是罪恶感还是刺激感，都是碗仔翅的"味精"，把味道提炼得更好吃。现在这种偷吃的感觉没有了，味道也跟着淡化了。另外一个可能更确切的原因就是：我吃的好东西多了，嘴也吃得刁了。

情痴老师的糟溜鱼片

　　我第一次尝糟溜鱼片是在北京酒楼，酒楼在九龙弥敦道上的一幢老旧房子里。 它在房子的二楼，楼梯是木造的梯板，走在上面发出吱吱的响声，加以黑黝黝的环境，好像随时会跳出几只老鼠来吓唬登楼的人。 那天文正和我扶着年迈的老师来到这儿，老师已说了很多次要请我们吃北京菜。 前一阵子他老人家病了好几个月，直至他病痊愈了，嚷着要来庆祝，就相约到北京酒楼吃一顿北京菜。

老师的病说来奇怪,说重不重,说轻倒也不轻。 其间我们探望过他好几次,每次他都给我们说故事,也为我们写诗文,然后解释诗文。 几个月后的一天,他忽然跟我说:"玉莹,老师的病好了,那个卜卦的人真灵验。 他说:'你病会好的话,就在今年的生日之后,不然就此一命呜呼,只要你过得了这关,你还有十年日子可活哩!'前两天过了生日,感觉好多了,玉莹你这小丫头点化了我,我要请你们吃饭。"

我这混沌未开的小女孩怎么可以点化这位饱经忧患的老师呢? 在老师患病的时候,我每隔一个礼拜就到他家看他,有时单独去,更多的时候是结伴而去。 有一天我独自往访,老师的茶喝光了,我替他在厨房烧开水。 忽然,老师站在我的背后,把我身体扳转过来,脸儿向着他,然后他的嘴唇凑过来,像有亲吻我的企图。 我登时心慌意乱,本能地推开他,但还是闻到他口中的烟臭味。 我当时被吓得满脸通红,跑到客厅坐下来,慢慢地调整情绪。 究竟是怎么一回事呢? 十分钟之后,也不跟在房间里的老师打个招呼,就默默地走回家去了。 这件事之后,我有差不多三个星期没敢去探望他,也曾经把事情的经过跟我当时的男朋友文正谈过,他不认为老师有意向我施以非礼,可能是另有别情。 我为了找出原因,后来仍然继续探望他,只是再也不敢单独前往。

事件之后,文正和我再访老师是一个黄昏,老师家的客厅朝西,夕阳的光影照在他蜡黄的脸孔上,黄澄澄一片模糊。 因为是冬日,空气中凝聚着冷湿的水气,叫人说起话来,声音中带着轻轻地抖颤,分不出是因为寒冷还是心虚。 老师开始说着他的故事:"你们班上有同学某人,她是个用功的学生,每次上课都坐在第一排,人又聪明,但家境困难,在家是个长女,理应帮补家计而辍学。 我见她是个可造之才，从去年开始帮忙她的学费，也补贴一点零用给她。下课之后她常来看我，给我做顿饭什么的。我是个老头子，有人待我好，我当然感激，但我的儿子警告我，年轻女孩子的感情当不了真。我就是重感情的老浪漫，把心都赔上去了。谁知道两个月前的一天下午，她来这儿，手上拎着一把刀，说要把我跟她之间的情丝斩断，她已经有了男朋友，叫我忘记她。我可以忘记她吗？每天都看她坐在第一排，我就是心有不甘嘛！我是不是受骗了？老头子如我能够说断就断吗？我就在气愤难平的日子里憋出病了。我这把年纪碰上这种事，可以让人知道吗？别人要怪罪的人，只能是我这个欺骗年轻女学生感情的老不死。我就这样憋而不宣。一个月前的一天下午，玉莹你不是一个人来看我吗？我们闲聊着，你忽然冒出一句话来问我：'老师，你是不是跟×××相好啦？'我当时笑而不答，没想到我的心事一下子被这个小鬼头戳穿了，也好像我的郁气有人知道了，一股脑儿泄了出来。那天我对你干的事实在是我一时冲动，不晓得该怎么处理自己的情绪。你也太纯真可爱，太聪明了，把老师不敢说的事抖出来了，那时我以为自己突然把感情转移到你身上来了，希望你们可以谅解，不要责怪老师。"

其实老师的浪漫情怀，我们早有所闻，他曾用毛笔字抄写一首他的旧情诗，送给我和文正，这幅诗文一直挂在我们在芝加哥大学宿舍的客厅中。师母早年去世，她是老师当年在南京中央大学的学生。当年他在中央大学读书时，也不乏浪漫情史。他曾说："情爱叫人受苦，但人又不可以无情，奈何？"老师就是如此地在情海中载沉载浮，直到古稀之年仍不得登上彼岸，我想他是怀着遗憾的心情离开世界的。

老师走后，我十多年再没有尝过糟溜鱼片的味道。直至去年我们请甘阳、潘洁夫妇在尖沙咀星光行的北京楼吃晚饭，我们点了这道菜，也令我想起了老师。 十多年前去过的北京酒楼和现在这间北京楼字面上只差了一个字，我想应该不是同一家饭馆。 至于糟溜鱼片的味道，还是第一次的好。 今年暑假之后回到美国，我想着吃这道菜，于是试着做，但不知煮法是否正确。

我在超市买来肉质软滑的鱼片，切成丁状，先用粟粉腌十五分钟，浸几片云耳切成粗条，调味料为绍兴酒一大汤匙、盐少许、醋一小匙。 先以姜片起锅，浇以大汤匙花生油，放入腌过的鱼片急炒十数下，同时加入云耳丝及调味料后搅动两分钟即可上碟。

如此试做的一道菜，味道还算可以。

广东式的扬州炒饭

住在梭椏道的那段时期，是我和哥哥生活最困难的时期。 那时我们都进了浸会书院读书，家用、学费都靠爸妈从英国汇来，课余哥哥也做补习赚取零用钱。记得有一年，碰上英国邮政工人罢工，所有由英国来的信件都停止派发。 换句话说，我们的汇款无法汇到，在平日毫无储蓄的经济情况下，生活顿然陷入困境。好心的房东暂时不收房租，但两人的学费不可不交，还有每日三顿饭也不可或缺，平时养尊处优的我，也要出来当补习老师，赚取外快以救燃眉之急。

小巧妇难为无米之炊，我为了省钱，于是只能花最少的钱，做最廉价而又有营养的饭。 我连续两个月都烧同一种饭，就是猪肝鸡蛋酱油捞饭。 把调好味的猪肝放入快熟的米饭里，然后放入鸡蛋两枚，在电饭锅上加盖焗十分钟，食用时浇上酱油即可。 撒上葱花一把，更加令饭色美味全。 如此挨过两个月，我学会了省钱，尤其是平时较丰裕时把闲钱省起，到需要再拿出来补贴用。 这就是外婆教我的治家秘诀——偷家补家。 她说："当家的女人，平时要从家用中扣取一些钱存起；到家用花光了，再拿出来补贴。"我很幸运，在后来的两段婚姻中都用不上这道绝招。

四年大学转眼过去了，毕业后跟哥哥及两个表哥合租一幢房子居住。 那段日子的生活，回想起来犹如歌剧《波希米亚人》一样。 两位表哥本来跟父母同住，为了要尝试过独立的生活而搬出父母家。我是唯一的女孩，烧饭的责任理所当然又落在我身上，打扫房子的工作由三个男人分担。 我们四个人都有工作，我在一所小学当教师，教的是上午班，下课就在附近的菜市场买菜回家预备晚饭。 我的学生大都住在学校附近，有时碰到学生的家长在市场当菜贩或肉贩的，有些认得我是他们孩子的老师，特别选好的东西卖给我。

那时候，我持家已有多年，厨艺比以前进步，但人却有点懒惰，开始不大喜欢做饭，所以烧的菜越来越简单。 每天多是煮一大锅汤，汤里面材料很多，有蔬菜、肉类，也有很多豆类，取其营养丰富，因为我们几个都是正值发育阶段的青年人。 那时最常煮的是一道木瓜排骨花生汤。 木瓜味清甜，花生补肾，排骨多钙质。 我们多喝这汤，效果是男的长得高，女的身材健美。 另外一道很常做的菜是叉烧鸡蛋炒饭，材料除了叉烧和鸡蛋之外还有花菇、冬笋、虾仁，最少不得的是芫荽，它可增加饭的香气。 我的表哥文正最爱吃炒饭，我们结婚之后的十年，我几乎每天都为他做这个炒饭。 他那时在美国芝加哥大学当研究生，我每天早上都为他预备一份便当，冬天天气寒冷，炒一大碗饭放在保暖盒内作午餐，既方便又可口，他吃了多年都不曾生厌。 夏天则以三明治作午膳。 后来我们离婚了，因为他不会炒饭，只会做三明治，所以他说现在仍念念不忘那炒饭。

我每星期只烧五天菜，遇到周末或放假，都会跑回表哥的"老家"吃饭，我们唤之为"进补日"，平日缺乏的食物，尽量都在那两天补回来。 他们家有个佣人名梅姐，烧菜本领了得，菜式既多，味道又好。 她烧的通常是广东家常菜，我最爱吃的是冬菇栗子炆鸡。冬菇把栗子的香甜味及鸡的鲜味都吸收进去，变得香滑可口，令人吃个不停。 后来我依法炮制，积十数年的经验才达到她当日的水平。她几年前已经去世了，我每次想起她就会烧这个菜来吃，以资纪念。其实她教我烧的菜式还有多款，后来我到美国留学，这些菜式为我解去不少对食物的乡愁。

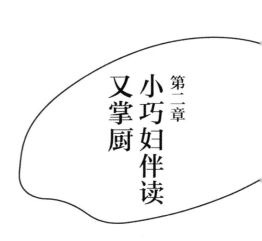

第二章
小巧妇伴读
又掌厨

麦当劳的甘苦回忆

　　麦当劳是个普通的快餐店，卖的汉堡包更是最寻常的美式食物。 1976 年之前我从未吃过汉堡包这东西，但这个名词早在我预备赴美读大学之前的托福(TOEFL)英语测试中认识了。 到了我就读的大学，我第一次去见我的教授，竟然误把他的姓 Burger 读成了 Hamburger!

　　其实我并不爱吃汉堡包，而只是这个英文词给我的印象太深刻了。 1976 年的感恩节当天，我和文正到校园外的麦当劳店吃午餐，只有我们两人，美国学生都回家团聚去了，麦当劳是唯一在感恩节也开门的店。 是为了方便留学生和那些无家可归的人，或是为了多做一点生意，那就不得而知了。

我们默默地吃着汉堡包，我还来不及细尝它的味道——好像以前从未尝过——忽然我的味觉被视觉的兴奋取代了： 白色的雪花飘飘而落，像一串串的棉絮从天而降，在阳光的辉映之下，每片雪花清晰可见，甚至可以看到内里精致的图案，好像天上有造雪的天使，拿着形状各异的铁模子，把雪盖印成各种各样的图案，然后飘落到地上来。我生平第一次看见雪，兴奋得忘记吃饱便跑到店外拍照，当然也忘了汉堡包的味道是怎样的了。 事后我把它的味道和美丽的雪花连起来，很自然地觉得汉堡包是绝妙的食物。

在平日，我们绝少到麦当劳去。 如是者又过了三年，1979 年的复活节，我和文正又来麦当劳吃饭，这次吃的是晚饭，是在大雪之后，地上都堆满了积雪，前一天天气寒冷，地上没融化的雪都结成了一层薄冰，走起路来特别吃力，怕一不留神就摔跤。 那天我们怀着沉重的心情来到麦当劳，事缘我们刚决定不在复活节假期举行结婚派对了。 本来都已知会双方的家长我们的喜讯，但经过两年的同居生活，我们发现彼此之间存在着不少的矛盾，但又无法说服自己——此时是应该结婚的时候了。 我们详细讨论了好几个小时，我差一点打算毕业后就独自回港，婚事也就此打住，但最后仍是舍不得就此分开，只得把婚礼搁下来，留待以后再说。 半年之后我们终于结婚了，是在离校之前的一天，匆匆赶到市政厅去登记结婚的。 戒指早已买下，在法官面前戴上。 第二天到了机场，预备乘飞机返回香港度暑假，但戒指已经取下来了，似乎我俩从来就不应结婚似的。

从那时开始，我就不再喜欢雪，汉堡包当然也不再是我喜爱的食物了。但麦当劳来了香港后，口味好像被"港化"了。虽然我在那儿吃东西时并没有看见美丽的雪花在眼前飘过，但它的早点却滋润了我的心灵。在无数冬日的早晨，我上班之前在店里读过报纸，喝过咖啡，然后满怀活力地回到工作间去。麦当劳仍然跟我结下了不解之缘。

2001年，我和欧梵从波士顿回到香港居住，住所在西环的薄扶林半山，每个星期天总会到西环的麦当劳吃早点，然后到街市买菜。欧梵爱观察中下层人的生活方式，在那儿有很多老太婆和老公公聚集谈天，气氛十分和谐而又亲切。通常我们用过早点后，我会走到对面的街市买菜。当欧梵把一份报纸读完时，我已提着大包小包回到麦当劳，然后他帮着我把东西背回家。我们就是如此这般地度过每个星期天的早晨。麦当劳的汉堡包味道如何，我早已忘记了，但它的早点却成了我的"新宠"。

招贼入屋的红烧元蹄

70 年代末，我在美国南伊利诺伊州立大学读书，从香港的浸会书院中文系转读社会学系。因从小就读中文学校，我的英文不太灵光。但我还是决心入读社会学系，为的是要多了解社会现象，以为中文系加上社会学系就可以自动助我成为作家了。结果取得了学位，仍然当不成作家。

到南伊大第一年，功课非常繁忙，每天要看的书很多，每页的英文生词都得查字典，需花费很多时间。 最初的一个学期，上课记不了笔记，只得向班上一位英文好的香港女孩借笔记，以强记的方式背诵答案，因为自己的英语写作能力差。 有时碰上难解的句子更要请教教授。 犹记得当时有位德国籍的教授 Tomas Burger，那时我因害羞而不敢向同学讨教，憋了老半天才羞怯怯地拍这教授的门；甫进门，用细如蚊子叫的声音向他打招呼，却把他叫成了 Professor Hamburger，我羞愧得满面通红，差一点哭出来了。 他竟然愿意逐句替我解释课文，我在他的办公室足足待了一个小时。 幸好这门功课最后得了 A－，可算没有浪费他的一番心血。

那时每天除了上课，就是读书。 我和文正在香港订了婚，为了省钱就合伙租住一间套房，过着同居的生活。 也是为了节省开销，每天三顿都在家吃饭。 早餐很简单就解决了，午餐及晚餐也是以删繁就简的方法应付，加以我有限的厨艺，也没法做出精致的巧手菜式来。

那时我最常做的一道菜是红烧元蹄（或是猪髀肉）。 我们让人从香港寄来一个电子瓦锅，用法简单又方便。 买来元蹄肉一大块，滚水烫过后，将蒜粒、姜片在锅中快炒几下，放元蹄入锅中，渐次加入酱油、麻油、绍兴酒、糖、盐及少许五香粉，清水当然是不可少的。把开关调校到炆煮位，煮两小时即可。 这样大的一块元蹄肉，我们和着生菜或大白菜一起吃，大概可以吃三四天，在繁忙的学习生涯里，确实是可以省却很多时间。

这个菜在那段日子煮得很勤，往后到芝加哥也烧过两三次，回到香港之后，倒是似乎完全忘记了这道元蹄肉。 其实并非是忘记了它，而是年纪渐渐老大，身体消化肥肉的能力越来越弱了。 有一天在芝加哥检查身体，检出体内胆固醇偏高，遵医生嘱咐，以后少吃高脂肪食物，我也就少吃为妙了。

现在想起一件事，对我影响甚大：我哥哥的胰脏发炎差点丧了性命，其原因是吃高脂肪食物太多了。这病对我的冲击很大，我开始感到生命的脆弱，从而关心起身体的健康问题。刚好彼时在芝加哥伴读，心情颇为苦闷，又没什么重要的工作可做，情感无处寄托，一点小问题都足以令我非常担心，寝食难安。哥哥的健康困扰了我，所谓物伤其类，兔"病"狐悲，我对健康的关注日深，却成为日后的抑郁症，这是不自觉地慢慢转化而成的。

红烧元蹄只做了一年就很少再做，可能是我们吃厌了这个菜，但最大的原因是此菜能招贼！

事情发生在一天的上午，我和文正早上都有课，出门前我预备了一锅元蹄肉，在锅里烧着，预计午饭回家就可吃到已煮好的元蹄。谁知匆忙中忘记把窗子关上就走了。回家门锁一开，我们不约而同大呼不妙，家中电器用品全被偷走，珠宝财物被洗劫一空——包括我们的结婚戒指也不见了。事后我们估量这名贼人是目不识丁的，几百本书一本不缺；但他肯定是个饿贼——我临走前煮的元蹄肉连锅带肉都被拎走了！他一定是多天没有吃东西，桌子上的两根香蕉也不翼而飞。这个贼更有可能是东方人，因为我们的筷子和碗也都失踪了。

从此我再也不敢开着窗煮红烧元蹄，怕那人闻到香味再回头吃我的元蹄肉。我和欧梵结婚后，明知他最爱吃红烧元蹄，却只做过一次，这又是我的胆固醇惧高症作怪，倒不再怕贼了。

当垆卖饼苦经营
——咖喱饺

　　1980 年的夏天，我和文正从美国南伊利诺伊州立大学毕业，文正被芝加哥大学录取念博士学位。 于是我开始了为时八年多的伴读生涯。 我虽在南伊大取得社会学学位，却不能在美工作，原因是美国政府要保障本国人就业机会，故而禁止外国学生配偶谋全职工作。

　　我在芝加哥的头一个月都赋闲在家，后经友人介绍，在芝大商学院地下室的小咖啡店找到一份半天的工作，每天早上九时至下午二时，那儿的老板都是攻读商业管理的硕士生，地方由商学院提供，雇用的都是学生或我辈伴读主妇。他们承办这小店，一方面作实习之用，另一方面也可赚些学费。我在那儿工作了足有三年之久，直至由校方接办，我才离开另谋出路。

这家小店面积不大，来光顾的人以商学院师生居多，也有附近其他系的。名声如雷贯耳的大教授——例如经济学方面的诺贝尔奖得主——均为座上客，我有幸一睹风采，更有幸为他们做三明治充饥。他们衣着光鲜，态度温文尔雅，就算是普通的商科生，也穿着整齐醒目，尤其在他们行将毕业的前半年，因为经常有工作面试的机会，时常是西装笔挺地上课，下课即顺便面试去了。芝大的工商管理硕士学位(MBA)很著名，与哈佛、斯坦福呈三足鼎立之局。据商科生说："哈佛注重个案研究，芝大强于理论，而斯坦福两者兼备，故斯大学生最为抢手。"然而芝大 MBA 的学生未毕业已经有几份工作等着他们，也算是天之骄子。

我在这儿的工作是预备三明治的材料，如剥生菜、切西红柿、分配各式肉片的重量，有时也帮着卖咖啡及包三明治。每天最繁忙的时间是中午十二时至下午二时，在这时段买午餐的人往往不分尊卑排成长蛇阵，川流不息，每天多达两三百人，尤其在大雪纷飞的日子，师生都爱走进这家小店吃个三明治、喝杯热咖啡或热汤驱走寒气。他们有人买了带走，也有更多的人留下来吃——坐在沙发上、椅子上，甚至地上，不很宽大的地下室被挤得满满的；人气、暖气和食物气都聚为一炉，历久不散，较诸外边的阴寒天气，室内更显得温暖如春。很多时候下班后，我仍赖在里面看书取暖。

午饭的两个小时，在那儿工作的几个人简直忙得乱了手脚，就恨妈妈没多生我一双手，可以多做几个三明治，赶快遣散那条长蛇阵。其实我的手脚已经很麻利，时常受到老板的称赞，大概是我笑容可掬，何况又是少年无丑妇，我得了个"Queen of Cox Lounge"的美誉。我在那儿称后三年，没有学到做西菜的手艺，却吃厌了三明治，最后的半年，我都自备扬州炒饭来取代三明治作我的午餐。

在那儿，我虽未学到什么手艺，却交了许多从各地来的中国朋友，尤其是香港同学，他们从此成为我家的常客。许多年后的今日，还维系着昔日的友情。回港后，我从事人寿保险业，他们当中也不乏自动"献身"成为我的客户的，这都是那时结下的缘分。

我是个在家闲不住的人，失去做三明治的工作后，不得不动脑筋另谋生计。有次我们在家烘饼——这饼是用牛肉碎及洋葱做馅、面粉做皮，在烤箱中烘焗后取出来吃，味道既香又甜，皮既酥脆又可口。我想以咖喱粉作调味料，滋味会更好，于是就此想出谋生一计——当年卓文君寒微时当垆卖酒，我又何尝不可以当垆卖饺？于是我即想即做——先在家制作十来个咖喱饺做样本，再拿到校园内的各个小咖啡店推销，结果成绩斐然，有三家店要我的饺，每星期送货两次。初时一星期卖一百五十只，分两次送货，一个月后就增至二百五十只了。每次送货都是现货收钱，那些小店都是非谋利的，所以卖价便宜，通常是我卖给他们价钱再略加一角而已。我除了本钱之外，其余赚的工钱，算起来比他们赚的还要多呢！这种本小利大的生意足足养活了我和文正好多年，直到1989年，我们毕业返回香港才由另一位同学的太太接手。

这种咖喱饺做了多年之后，在芝大校园的香港同学中，很有名声，每次在家开派对，都特制一盘以飨宾客。　馅肉花样更是日新月异，往往是牛肉碎易之以鸡丝的，也有猪肉丝的，当然放入虾肉就更加美味可口。　洋葱多吃有口臭，何不换作蘑菇？　换作蚝油汁不是另有一番风味吗？　以上的款式变化只合自家人享用，因为成本高且制作费时，做生意就得计算成本和收益，只得依照食谱大批制作。

　　咖喱饺的材料分馅料及皮料。　馅料有牛肉碎、洋葱碎、咖喱粉，将它们炒得香味四溢后隔去多余汁液备用。　皮料用糖、盐少许，条状菜油（Margarine），水几杯，全部材料加热溶化，冷却后加面粉混合成团状。　之后用小木棍把一小团面粉压开成椭圆形，放入馅料，捏成半圆形的镶边饺子。　蛋黄打拌成汁涂在饺子皮上，放入已预热三百五十度的烤箱内烘大概三十分钟，皮色呈金黄亮泽，香味溢满整个厨房。　如果哪天我未用膳，总可吃它两三个充饥。

　　每星期做二百五十只咖喱饺，说来容易，做起来却也是够呛的。　多少年后的今日，我有几次做着同一个梦：赶紧做咖喱饺，明天一大早得送货到店里！　梦醒后会舒一口气，我已经不再需要干这种营生了。　当时每星期得花八个小时在厨房里制作这饺子，也要花力气到超市买材料，所需材料数量颇大，足够喂饱一队小兵，而且每星期都得喂，喂足六年，对于我心理方面的负担也不能算是轻松平常，更何况我白天还需替人家打扫房子以赚外快。

　　可幸我那时还是个年轻力壮的小妇人，把这些工作都当作是很好的自我锻炼的机会，完全不觉得辛苦。　何况在做咖喱饺的时间，我总是听着喜好的粤剧唱片，时而随着唱诵一番，如此日日练功，我把几套唐涤生作的任白戏曲曲调，都背诵得滚瓜烂熟，一字不漏了。

可乐鸡
——母女诉衷情

　　那年妈妈你到芝加哥大学探望我和文正，每天下午三时左右你开始在房子里来回踱步，问文正何时回家休息，大概一小时之后，实在耐不住就开始预备晚饭。三个人吃的饭，花半小时工夫即弄好，余下的时间多着哩。母女两人倚坐在宽大的客厅中，通常无甚话可谈，窗外夕阳黄澄澄的光线洒落在我们的脸上，令人有种昏昏欲睡的感觉，但我有另外一种更强烈的感觉是焦躁不堪。

你是我的妈妈，我们很久没有见面了，可为什么总也找不到可说的话题？ 你每次来访，只停留两星期，都是大包小包，带来很多衣服及食物给我们。 你也没有兴趣出外观光，像专程来给我们做饭似的。 然而做饭并不是你的专长，在这之前我从未吃过你亲自做的饭。 据说在香港你不需要下厨，在外边吃的多。 我留美多年，练得一身好厨艺，在芝加哥大学的小圈子中算是薄有名气的。 你来是怀着专为我们做饭的心意，我可以不让你一显身手吗？ 所谓一山不能藏二虎，你在厨房里指指点点，我会感到舒服吗？ 你总是说我不听你的指示做饭，我为什么要听？ 当我需要你教我做饭的时候，为什么你总不在身旁？ 现在岂不是有点儿太迟了？ 我已经是三十多岁的人了，成龙成蛇都已定形，两个星期的相处，难道可以弥补失去的十几个年头？

我的童年大多在阴霾中度过。 你在千里之外的英国，每月只捎来一封信，我从小见不到双亲，与婆婆、哥哥相依为命。 从来都是婆婆给我们做饭，后来她渐渐老了，身体不好，我慢慢也学会做饭了。 在那些日子里，婆婆时常想念着你，叨念着你不曾来信。 冬天时她每月起码有一次哮喘发作，病发时，整夜呻吟不寐，伏在三个叠高的枕头上休息，仍是不能呼吸自如。 我常为了她的病而胆战心惊，说不准哪一天，她上气接不上下气而身亡，我和哥哥岂不就成了孤儿？ 所以我的童年常在惶恐中度过。

忘记了有多少次，通常都在月底，家用花光了，婆婆又病了；她为了省钱，有时也是根本没有钱看医生而被病魔折磨得很惨。 年少的我，除了着急之外，还可以做些什么呢？ 有人告诉我，如果跟远方的亲人通信息，只要站在门后边喊他的名字，口中念着心中所想就可以。 记得有无数次，我每天三次在门后呼喊你，叫你赶快寄信寄钱回来，救我祖孙三人于水深火热之中。 但这种做法，收效似乎不大，非到月头，信和钱是不会到的。 妈妈，如果那时你们稍微多寄一点钱给婆婆，她就无须每月为紧绌的收支而发愁了。 她心情轻松，我的日子会好过点，她不会因为我不小心打破一只碗而痛打我一顿。 我是个乖女孩，为什么却讨不到婆婆的欢心？ 是因为她重男轻女吗？ 我想最重要的原因是，她是个不快乐的女人。 我往往成了她的出气筒，她心情好的时候也会夸赞我，我就为了博取一句称赞而做尽好事；她病了，我替她捶背，用尽了力气，但她仍嫌我用力不够，其实我那双小手差点要肿起来了。 妈妈！ 你是否也觉得，对于婆婆的不快乐，你也应该负一点儿责任？ 因为她是你的寡母，她只有你一个女儿呀！

每次你来之前，我都跟自己许下诺言，你即将逗留的两星期，要好好待你，但每次你总把紧张和焦虑带来，也把罪歉感留下给我；它挥之不去，陪着我度过每一天，直至下一年你再来之时，又再经历如前的紧张和焦虑。 如此恶性地循环下去，经过了四个年头。 1985 年的秋天，你又提着两大箱行李来访，这一次是说出心里话的时候了，你来之前我就这样盘算着。 你来了几天，我都找不着机会，终于有一天的下午，我们在预备晚餐的时候爆发了一场口角风波，这却是我始料未及的。

那天下午四时多，我们照例预备晚饭。 我一时心血来潮，从冰箱里取出一瓶可口可乐，尝试以可口可乐作调味汁，制作一道可乐鸡。 在美国，鸡的价格最低，故每顿饭都少不了它。 但美国的鸡肉没有香港的来得鲜美可口，所以必须在烹调上花些心思，务求改变味道。 多年来我煮鸡的名目多得很，举凡豉油鸡、蒜茸鸡、茶香鸡、霸王鸡、盐焗鸡、南乳吊烧鸡、白切鸡、香妃鸡、栗子鸡等应有尽有。

那天做的可乐鸡还是头一次尝试。做法很简单：先用盐把鸡内外洗净，在鸡皮上涂上老抽，停大约三十分钟，放入已预先煮滚的可乐汁中炆一小时，再斩件上碟。

我一边煮可乐鸡，你一边在我耳旁唠叨，我实在忍受不住了，对着你大声哭骂，似乎要把过去几十年压抑在心里的怨怼都一下子抖出来！"我的年纪也不小了，要学的东西都学会了，未学会的也很难现在学好。小时候你不来管教我，现在又何必来费心呢？妈妈我问你，为什么小时候你不让我认你做妈妈？别人问起我的身世时，我都只能说妈妈在广州，而爸爸早被汽车撞死了，我明明晓得这些都是谎言，我却要一遍又一遍地说。难道这是你们大人教导孩子的方法？你既然不喜欢孩子，为什么要把我们生下来呢？做了妈妈为什么又不履行责任呢？"我说着，声音由细转大，眼泪跟着徐徐而下，语调变得断断续续，差一点不成语句。

你冷静地听着，眼角却不时流出泪水，说："女儿啊！你一股脑儿问我这么一大串问题，叫我从何答起呢？我生来命苦，十岁丧父，亦无兄弟姊妹，赖寡母打工养活，偏又遇上你那没心没肺的爸爸，原以为丝萝有托；谁料他不事生产，更可恨他生性风流，我悲愤之余只好跟他离婚。那年我才二十多岁，已经是两子之母。为了养育你们，我逼不得已才把你们交由你外婆照管，我腾出身子来赚钱养家。"

"妈妈你又可知道我从小吃尽多少苦头？我好想跟别人一般有父母的爱。婆婆跟我们是隔了两代的人，她无法知道我心中所需要的是什么。她以为用严厉的管教方式会让我们成才，却无意中损害了我们的自尊心。妈妈，如果由你管教我们，是否会好一些呢？"

你红着脸辩解说："离婚后，我只身从广州申请到香港找生活，存到足够的钱就可以接你们来香港团聚。我当然知道亲自管教你们是最好的，但我是身不由己呀！"跟着你又解释为什么我们不可认你做妈妈。你半呜咽地说："命运安排我碰上你的后父，他是富家子，却不嫌我的出身，愿意跟我结婚，更愿意供养你们。但我必须向他父母隐瞒曾结婚生子的事实，因为他们是名门望族，绝对不能接受其独子之妻是个离婚再嫁的妇人。碍于环境，只好认你们作我的外甥子女。谁个妈妈甘愿不认亲生儿女？我又何尝不感痛苦呢？"说到此处，你我都哭成泪人般。

妈，你说我们母女俩生成相似命运：婚后都随夫远赴海外就读，所谓嫁鸡随鸡，你说没得选择，我很能了解这点。接着你又说："妈妈没你本事，没有经济独立能力，要多寄钱给婆婆也是心有余而力不足。"我问你："你对婆婆可感到有亏欠之情？"你说："当然有，在这世上我亏欠得最多的人就是你外婆，所谓树欲静而风不息，子欲养而亲不在。"说后你号啕大哭，此时我的心就释然了，多年来积在心中的怨恨都得到纾缓，多年来堵在我们之间的一堵高墙，仿佛在这一刻，让我们携手跨越过去了。

我们终于可以坦然相对，四目交投，从你的眼睛里，我可以看见一颗慈母心。自我懂事以来，我从未正眼看过你，我怕眼神出卖了自己，怕你看透了我对你的怨恨，也看透了我对母爱的渴求。我生性倔强如你，得不到的东西总是以冷漠来表达，可幸在这一刻，我俩用热泪来解封冰冻的心灵。希望我们的心灵从此可以连接上，你再用不着每年提着两大箱东西来"赎罪"，我们谁都没有亏欠谁。让我们高高兴兴地吃这顿饭吧！这鸡很好吃，名副其实的可口又可乐。

过了几天，你要回香港去，我带着依依之情送别你，你这次的离去，留下的是亲情，多年以来的罪歉感消失得无影无踪，我的心情从未如此轻松过。回到家里，我跟文正说让我再做一次可乐鸡。味道比上次更加浓郁可口，或许是我多加了一汤匙的绍兴酒，使我们心情更为放松之故。

手足情深的星洲炒米粉

　　大概说来，接近十八年没有和哥哥在家里的饭桌上闲话家常了。 在 80 年代初期，我们在美国同一个州读书，他和前任嫂嫂就读于南伊利诺伊州立大学的研究院。 嫂嫂是烹饪高手，她煮菜功夫条理分明，把蔬菜配料切好，排在盆子里，像一幅精雕细琢的图画，细致好看。 那时，我家的厨房大，嫂子在煮菜，我们在旁边的桌子边坐着吃茶谈天，度过很多温馨的日子。

在一个春日的晚上，突然传来哥哥生病入院的消息，他在医院住了两星期才回家，听说他患的是胰脏炎，差一点命赴黄泉。病因是他体内的胆固醇含量太高了，几乎接近七百度，加以他多年患胆结石，做了胆结石的切除手术，此后他理应禁食肥腻的东西，以减轻胰脏消耗脂肪的负担。可是他却置若罔闻，照吃如仪。那阵子他的一位友人是烹调能手，善于做北京烤鸭，鸭子吃多了，它们的冤魂来索命，哥哥差点儿赔上命往阴间会鸭子去了。

哥哥那次的大病，影响非常大——除了他自身的家庭外，还有我的心理健康，所谓"兔死狐悲"，我不禁对日常生活的饮食习惯重新做了个检讨。本来已经吃得十分清淡的饮食模式，更进一步地收紧。文正从来听候我的安排，但有好一阵子，他做了无谓的"牺牲"，就是我时常会做出矫枉过正的行为，累得我们都没得好吃。事过境迁之后，当然会感到自己的行为是愚不可及，但当时确实是个大冲击——仍然年轻的我们，已经感到生命的脆弱，有种朝不保夕的心境。

隔了好一段日子，哥哥一家又到芝城做客，但久别重逢的亲切感觉却燃烧不起来，我们尽量避免提起他的病，他原来多话的性儿也收敛起来了，意外地显得沉默寡言。嫂嫂爱兰仍然做着一道道的菜，口味比以前清淡多了。其中的一道星洲炒米粉，色香味俱全，我在旁边偷学，后来也做了很多次，都获得如潮好评。她用新竹米粉以冷水浸两小时，然后在滚水中烫一下，晾干水备用。炒米粉材料有红椒、青椒、榨菜、干冬菇、小虾米、葱、瘦猪肉等，全部仔细地切成丝，先以小葱头在大油锅中开始炒，渐次加入青红椒和榨菜；干冬菇及小虾米预先以糖、酱油、蚝油等腌约三十分钟，浇油在小锅中略煮十分钟，混在大锅中快炒三分钟后起锅上碟。瘦猪肉早已腌好，调味料少不了酱油及绍兴酒。洗干净锅再炒米粉，生油必须足够，锅要烧得火热，米粉下锅后可以用中火慢慢炒，边炒边撒下盐巴，大概五分钟后上碟。再在原来的锅上烧一汤匙油，猪肉最后炒熟了，倒进已弄好的材料，搅动均匀之后，铺在米粉上，拌以葱丝，即成一碟星洲炒米粉。我后来做的星洲炒米粉总跟爱兰的有所不同，有时加了咖喱粉在米粉里，就更接近新加坡人的口味了。

爱兰最后一次给我们做的米粉是略带酸味的，那次她在材料中放了酸黄瓜，自那以后，他们就举家搬到加州的旧金山。临行前，我们姑嫂俩闲聊了一阵，她眼带泪光地对我说："你哥哥生病后，人生观变得灰暗了，他担心会早死，丢下维伦和我，他说要在有生之年把我训练得完全可以独立自主，以免日后我彷徨无依。我眼看他日渐消沉，我的心情很焦虑啊！"我很能了解她的心情，没想到几年之后，我哥哥虽然健康地活着，但他们的婚姻关系却不再存在了。婚姻的存在价值，谁说不是靠着互相依赖而产生的呢？

十多年过去了，我从美国返回香港，我自己的婚姻也失败了，独自过了八年的"苦难日子"——抑郁症三次病发。在这"八年抗战"的日子中，我体验了人生的生老病死。生死大限，只是一线之差，我们执着不得，只好以平常心对待。

十八年后，我跟哥哥在美国再度相逢，不是在中西部的芝加哥，而是在东岸的波士顿。这次是我在厨房煮着菜，哥哥在旁边的桌子边吃着茶。饭菜都烧好了，请来现任的嫂嫂及丈夫欧梵同吃——同是四个人共吃，其间却换了两个人；摧毁了两个家，另外两个新的家又建立起来。时光溜走了，我和哥哥的手足之情却越来越深厚。十八年的蹉跎岁月后，我哥哥又成了一条好汉。

皮蛋瘦肉粥，暖透游子心

　　昨天的天气还是顶好的大晴天，谁知道今早起床，往街上一看，路旁都堆起了一个个大小不一、高低不平的白色小丘。 昨夜的一场雪似乎下得太突然了，昨晨的天气报告又一次失准了。 这就是典型的芝加哥冬天，我们是见怪不怪了。 每年的冬季都是漫长而严寒；阳光是稀有的，风是凛冽的。 它会把人的脸儿刺得又麻又痛，连眼睛都睁不开，但眼泪却禁不住地流淌着。 如果有一天怀着坏透的心情，走在寒风冷冽的雪地上，如此孤零零地走着走着，准会无知无觉地走到密歇根湖畔，永远消失在无边无际的黑水湖中。

芝加哥大学位于芝加哥城里，在城南的一个特别区域——海德公园，校内建筑物几乎是清一色中古哥特式的；原来白色的墙壁，被岁月的流光洗刷得由灰白转而成灰黑色。很多幢楼房的外墙壁都蔓生着翠绿的常春藤，为灰暗的校园添加了少许生趣。于冬天无日光的下午在校园里踯躅，心情会越走越沉重，如果不及时回家，或跑到校内的小咖啡店泡杯热咖啡，那沉重忧郁的情绪会压得人喘不过气来。此校旁边的神学院特别多，虽然芝大的学生大都不是念神学的，但他们所过的学习生涯，其艰苦用功的程度，却几近欧洲中古时代的苦行僧。这儿的学生似乎都不休假，周末学生最多的地方不是酒吧，而是维根斯坦图书馆。教授们窝在他们的办公室，或在图书馆的小书房里，学生们各占着馆内的一小间隔位，认真而用功地啃着书本上的每字每句。如果他们都是一条条的书虫，这千千万万本书到头来都会被他们啃个精光！虽云"书中自有黄金屋，书中自有颜如玉"，可是在未得到黄金屋、颜如玉之前，生活起居的调剂，我想还是挺重要的吧。

我和文正的家就成为很多中国留学生消遣及调剂生活的起居间，尤其是在大雪纷飞的日子里，大伙儿聚在一起谈笑、谈学问、谈人生，把心中的闷气都抒发出来，回家再继续去寻黄金屋和颜如玉。

有好长的一段日子，每逢周末晚上，我们的家总是高朋满座，大都是香港来的学生，少说也有二十人。那时我在商学院打散工，周末大都闲着，通常在星期五的下午就订下"英雄帖"，由商学院的同学传开去——星期六晚邓文正和李玉莹的家有聚会。于是一个传一个，星期六晚九时过后，陆续来了客人，塞满整个屋子。我通常是随意招呼，尽量让大家有宾至如归之感。他们都各自散坐在客厅沙发上或地上，有人在厨房的饭桌上搓麻将，也有人下围棋，更多的人在摆"龙门阵"，大喷口水。如此一堆一堆地聚坐着，各得其所，自得其乐地享受着几个钟头的美好时光。

聚会的最高潮是吃粥时段。我做的是广东粥，最常做的是皮蛋瘦肉粥、艇仔粥（海鲜粥）、及第粥（因状元三及第而得名，材料用的是猪肉丸、猪肝、猪腰子）、鸡粥等。广东粥最重要的是粥底要够稠，但稠之中却不能成糊状。我煮粥之前洗过白米，但白米洗之前先用几滴油及盐腌二十分钟，水煮开后放入米，用中火煮成粥，然后才加入粥料。若煮皮蛋瘦肉粥，则先加皮蛋及预先用盐腌过的整块瘦肉与米同煮，粥煮好了再把瘦肉捞出，撕成条丝状，仍旧放入粥中，吃时加上葱花及姜丝，还有几滴麻油及胡椒粉。及第粥的做法最花时间，猪肝、猪腰都要预先切成花纹片，切花纹之前，因腰子是猪的肾脏，其中滤尿管子有尿臭味，需要小心地把它切除掉，然后浸泡几小时，当中换水数次，并以盐腌洗。猪肝较省功夫，但仍须以盐泡洗，再切成块状。猪肉丸子先用酱油、糖、胡椒粉及蛋清搅匀成丸状，吃前才放入沸滚的粥中煮一会儿，时间要拿捏得很准，否则猪肝、猪腰煮得太熟就不爽口，猪肉丸子不熟吃了会生病的。

无论是哪一种粥，葱条及姜丝都是必备的，至于麻油是用来增加香味，胡椒粉用来去腥味，也是不可或缺的。我比较少煮艇仔粥，因为材料在美国较难买到。艇仔即小船，以前在广州荔枝湾畔，渔民在河中捉到活鱼，游船河的客人就即席点粥当夜宵，这就是著名的荔湾艇仔粥的由来。在香港吃的艇仔粥是用鲩鱼片、干鱿鱼丝、猪皮丝、海蜇皮及脆花生米煮成，当然也加上葱花及姜丝、胡椒粉和麻油，即成一碗美味的艇仔粥。

　　以前广州的西关少爷，成群结队在荔枝湾畔坐花艇、吃花酒，听着歌姬们的靡靡歌声，吃着鲜美的艇仔粥。 我们这群在芝加哥大学过着僧侣式生活的学生们，又如何可以和他们神仙般的生活相比呢？但我们的家，毕竟提供了一个温暖的场地，给这些异乡的游子，吃点故乡的食物。 街外纵然是冰天雪地，然而内心却是暖洋洋的。

五香猪脚补筋骨

    在芝加哥大学伴读期间，我为了谋生计，做了很多别开生面的工作：在小咖啡店做三明治，偶尔替人看管小孩子，包咖喱饺送外卖，替人打扫房间，更有趣的是做包伙食。这种生计就在家里做，邀芝大同学来吃饭，我只做半年就停了，因为费功夫多、赚钱少，我非经营慈善事业，只好不干了。

    为什么会兴起这个念头做此种营生？那时我刚失

去在商学院咖啡店的工作。 平日我常宴请单身同学来
家用膳，他们都爱吃我做的菜。 我失业后，有人提议我在家烧饭，
他们付膳食费来吃一顿晚饭，凑足十二人之数，每星期做五顿晚饭。
食客全是单身汉，其中只有教授一人。 他就是我现在的丈夫李欧
梵，他自动多付膳食费，而且吃的日子又是最长，足有五年之久。

　　每星期五顿饭，每顿喂饱十二人，实在是顶费劲的工作。 菜式
平均有五道，分两桌而吃，每桌用饭时间大约四十五分钟。 后一桌
的时间大多较长，是我和文正，加上李欧梵及一位十分熟稔的同学邵
祺。 邵祺是念文学的，跟欧梵最谈得来，往往边吃边谈文学、音乐，
十分过瘾。 我也是文学爱好者，所以也乐得为他们煮饭。 这之前我
是滴酒不沾唇的，欧梵嗜酒，他常说哪有不会饮酒的文人？ 我从那
时学会了饮酒，而且酒量不弱呢！

　　在做包伙食生计的那段日子里，我每天都得到超市买菜。 幸好
我家离市场不很远，走路大约十五分钟可到，但在冬天大雪纷飞的日
子，走起路来费时又费劲。 因为要做十二人的饭，所以食物的数量
是挺多的。 我每次都拉着手推车买菜，大雪之后的街道很不好走，
本来轻柔的雪花，会堆积成几寸厚，甚至尺余厚。 假若大雪之时是
个大晴天，那雪花落地即融，就不会有积雪，但遇上阴暗的灰白下雪
天，那就够瞧的！ 积雪层层叠叠地堆成一座又一座的小山丘，如果
气温比下雪时低，又兼下着细雨，那第二天路就很不好走了，走在亮
光光的薄冰上，一个不留神，就会摔跤。 我每年都有一至两次摔倒
在地上，幸好那时还年轻，换成是现在，弄不好脚骨都折断了。

　　记得有一次，我刚从超市出来，手里拎着两袋食物，一个不小
心，整个人滑倒在地上。 就在分秒之际，我立刻站起来，怕别人见

到我倒地的情状而取笑我，所以提起纸袋就走。 其实当时跌得伤势不轻，忍着痛走回家，甫到家中，脱下长裤一看，膝盖的皮擦破了，连裤子的布也破了，左小腿青肿了一大块。 我随手摸摸自己的脸庞，原来都被眼泪沾得湿了。 但我没有通知我的"饭客"不要来吃晚饭，所以我只好忍着痛弄饭。

那是很特别的一天，我只随便烧了两大盘菜而不是惯有的四至五道菜。 那天的菜式是五香猪脚，做起来十分简单——应该是可做得稍微复杂一点的，但我因受伤之故而弃繁就简了，幸而做出来的味道还可以。 家中有的是五香粉，正好大派用场，用不着张罗五香料。猪脚洗净后放入滚水锅中出水备用，生姜片两片起锅，加入猪脚及五香粉、老抽、绍兴酒、盐、糖等调味料，当然也得加清水，炆煮大约两小时即可。 说来也真巧，我那天买了猪脚，据说猪脚补筋骨，我伤的虽是人脚，但当天晚上就沉睡如猪了。 难道是多吃了猪脚之故？

为什么做包伙食营生只持续半年就停止了？ 除了赚钱少之外，也有其他原因： 我生性爱自由，不喜受束缚，每天替人煮饭太不自由了，偶尔闹情绪不想见人，也不得不跟人周旋一番，很不自在。 况且我又是个不善营商的人，如果本着赚钱的心态，理应是本小利大。每顿煮一至两大碟菜即可，既可省钱又省时间，但我总做不出这种事，好像多赚一点钱是有违良心的。 于是每天做四至五个菜，费时又费钱，扣除开支所余无几，还没算我和文正所付出的时间。 后来有某些同学要求我给他们每餐饭都做一样汤，我明白他们留学生少喝汤水是件憾事——离开妈妈的广东孩子尤其渴望汤水。 我计算之后说："我愿意多做一锅汤，请多付五毫子一天。"他们却觉得五毫子太贵了。 我忽然感到灰心就决定不干了，他们是存着"在商言商"的心情来吃饭，我却多少带着情感的因素出发：我烧的菜既然有人欣赏，就付钱来吃，我为他们做好了。心中存有这么一种玩票性质，一旦遇到计较的心情，再做下去也没意思，就此止住好了。

当然不是每个人都嫌贵，有少数的人如李欧梵，他愿意继续下去，我也愿意在桌上多添一双筷子，如此就过了五年的日子。

广东烧鸭情系一线牵

　　1983 年一个冬日的黄昏，在芝加哥大学的远东图书馆里，我看见你孤零零地坐在大沙发上看书。 那时我虽未认识你，却在台湾的报纸上见过你的相片，知道你是教文学的，我向来对文学很感兴趣，对于文学老师当然存有一份尊敬。 我那天是到图书馆找文正的，没想到会遇上你，你那时的神情就引起我的怜悯心思，见你可怜巴巴的样子就想照顾你，也不知道你结婚与否，就要文正邀你来家吃饭，你也一口答应，我立即回家预备晚饭去。

　　晚上六时半左右，你依约而来。　那天你穿了一件黑色的毛衣，一条走了褶的黑色吊脚裤，外罩一件"耀眼蓝"的外套，背上揹着一个黑色提包，神情有点委顿。　你气呼呼地坐下来，还跟我握手招呼哩！　我说我早闻你大名，还晓得你正在研究鲁迅，是个鲁迅专家呢！　但是我比较喜欢郁达夫的作品。　那时你嘴唇上留了两撇八字须，看起来有点豪迈不羁的样子，但相处久了，才发现你的性格豪迈有余，不羁倒是不足，却不时显出一点童真的情态。

　　你来的那天我刚好在预备做一道特别的菜，是广东的烧鸭。　我平日很少做鸭子的菜，因为鸭子通常都是很大的一只，我家只有两口子，吃不了一只鸭子，剩下也不好；而且鸭子皮厚，皮都长着脂肪，我很讲究吃得健康，鸭肉胆固醇高，少吃为妙。　广东烧鸭是我首次试着做，做法全靠想象力，并没有食谱可循，纯是乱做一通。　鸭子买回来先把它用盐抹擦身子，洗过澡，水是平常的自来水；接着放入锅里的热开水中再淋个浴，水中放入盐粒；浴后用铁钩在颈与胸骨部位勾起来，再抹上酱油及蜜糖，在通风地方风干；大概需时一日一夜，待鸭身水分都干透了，再抹上薄薄的一层海鲜酱，然后放入已先预热至三百七十五度的烤箱中，烤大约半小时，其间翻动鸭身两次，如果可以把鸭子挂在箱内烘是最好的，因为热力较为均匀，皮会更为香脆可口。　烤好后待鸭子稍冷却即可上碟。

　　那天你边吃边说味道好，你喜欢吃我当然也很高兴，当时我就立下心愿，以后多邀你来我家吃饭。　我对那些单身人士都特别照顾，我觉得身在异乡而乏人照顾的学生是很苦的。　虽然你已不是学生，接近中年仍是单身岂不是更苦吗？　况且你的性格随和，说话又有幽默感，我们一起吃饭，真可说得上是谈笑甚欢。　这之后我做包伙食营生，你愿意参加一份，我们就此结下不解之缘。

没想到十七年后，我们又在一起吃饭，不止是一星期三顿，而是每星期七天，地方是美国的剑桥，你教书的学校从芝加哥转到哈佛，其中加插了加州大学洛杉矶分校。 我的工作回香港之后一直没有换过，但丈夫却从邓文正换成李欧梵——你是我十七年前家中的一位食客，仿佛在那时我已开始照顾你了。

第三章

忧郁记愁

吃素吃荤俱随缘

　　每次在香港约爸妈吃饭，大多是在外头"吃斋"
（素菜），因为妈妈信佛而吃全素。 她吃素是多年之前
的事了，那时她刚开始信佛，却未立定吃素之心。 有
一天，她跟随佛堂的一位法师及一群善男信女到海边放
生——放生者，买来活鱼然后到大海岸边把鱼放到海
中，让它们恢复自由生活，是信佛者积阴德之举。 妈
妈本来坐在岸上没到船上去，但在其他善信游说之下，
也跟着下船出海。 谁知一不小心崴了脚，登时叫痛连

天，被友人送到医院的急诊室。医生检查之后，诊断为左脚足踝碎裂，必须动手术。

那时候，随团法师告诉妈妈说："你前世作孽太多，今世要受很多苦，而且还会祸及子孙。如果你能够吃全素，或可弥补多少。"妈妈闻言，立即首肯。从此她就吃全素礼佛，每天诵经不绝，为我们一家人祈福。多年之后，她说神明保佑了我们一家，尤其是我，经过三次抑郁症之后，在 20 世纪末的最后一年，重新认识欧梵，结下一段美满姻缘，妈妈说这是菩萨赐下的良缘。

妈妈说的话，当时我并不以为意。我素来是个基督徒，从小学到大学都在基督教的环境中长大。在初中二年级，我还冒着大不韪的不孝之名受了洗礼，归信基督教，当时外婆差一点把我逐出家门。年幼的我满以为"为义受逼迫的人有福了，因为天国是他们的"。我不晓得自己是否真的可以上天堂，但却坚信为耶稣受逼迫是勇敢的女孩。虽然，到后来我并不是个虔诚的教徒，但每次遇到愁苦心情都照例向上帝祈祷——他垂听我的祷告与否，我实在是不得而知。我祷告上帝，似乎为了心之所安。我颇为不齿自己的行为。所谓"临时抱佛脚"，上帝会理会吗？久而久之，我对基督教的信心也越来越小了。

说来也奇怪，以前我虽不信佛，但与佛却是顶有缘的。在我"受难的十年"期间——从 1992 年至 2002 年——我曾经历过四次严重的抑郁症。当中服药两年多，停药两年后又复发，如此折腾来回凡四次之多，弄得我身心俱疲，痛不欲生，更有四次自杀记录，却都能幸免于难，而且不曾造成任何身体伤害。回想起来，这的确是个奇迹，似乎菩萨一直在我身旁守护着我。

在 1994 年的冬天，我情绪陷入低潮已达两年多，每天除了躺在床上看书之外，并没有心情做任何事。有一天，我从书店买来一本梁羽生的武侠小说，书名是《江湖三女侠》，书中一段故事是说：清代皇帝选妃嫔，选中其中一位已有意中人的女子，女子无奈与情人告别之时，许下心愿说："请郎等我三年，他日若不得与君王谋面，自有机缘与郎共缔婚姻。"这名女子入宫之后，有日在居室抚琴消遣时光，皇帝偶闻琴音，询问之下得会佳人，她由此得帝王宠幸一夕，后来竟然怀了身孕，却遭皇后嫉妒，也因此被害打入冷宫终老。其情郎久候三年不果，削发为僧，修行多年仍未悟道。某日得宫中人传来信息谓其旧相好欲谋一见，僧人遂趁夜赶入宫中。正当他走入冷宫门前，见有数宫人抬着一个脸目丑陋、形容枯槁的老女人出来。僧人一心想着见他心目中的绝世佳人，哪想得到刚才眼前一瞥的老死干尸，就是他二十多年来梦系魂牵的爱侣！他登时大笑数声，扬长而去，心中喃喃念着："我得道了，啊！人活在尘世中最终也不过是具臭皮囊，我又何必如此执着呢？哈哈！我终于得道了。"

我读到这儿，突然灵光一闪，实时感到豁然开朗，仿佛多年压在心中的郁结都被这几句话打碎了，而且消失得无影无踪。我突然感到肚子饿得很，很想吃东西，心情轻松得无以名状，立即给我的心理医生打电话，告诉他我的病好了，再也不需要服药。这是一次神奇的经历，事后我并没有想到是菩萨给我的指引，直至两年多之后，抑郁症第三次发作，菩萨又再一次给我提示。

1997 年，抑郁症又来侵袭我，把我杀个措手不及，连续五天睡不合眼。妈妈那时信了佛，把我接到家里去，以便照顾。她经佛堂法师介绍，领我到广州去治病。在广州两天，我跟法师及一班善信共食同行，法师说我有佛缘，嘱我以后多到他的佛堂跟他学道，但我却是置若罔闻。

如此又受了一年多的痛苦。

千禧年的中秋节，我跟欧梵在美国剑桥结婚，这是我生命中的大快乐事。我单独过了八年的凄苦生活，满以为从此可以无忧无虑地过日子了。记得那年冬天，余英时先生还寄来贺诗一首，祝贺我和欧梵结缡之喜。谁知婚后半年，我的病又复发了。一天早上我接到妈妈从香港打来的电话，告诉我她的癌细胞已经进入骨骼中。自那天起，我多晚失眠；几天后，我的情绪开始不对劲。那夜我们家有客人，她是欧梵的朋友王瑾女士，在麻省理工学院教书。她笃信佛教，得知我的病情后，劝我念六字大明咒。我那时心事烦乱，胡乱念一阵就停止了。她却是个有心人，过了十来天，又特意寄来佛珠一串及修炼佛学的书。我那时心乱如麻，静不下心来念经咒，把佛珠搁在一旁不再理会。又过了七个月，友人涵棣的洋人教授从芝大来访哈佛，她也患抑郁症多年，后来学佛打坐习瑜伽，病赖以不复发，于是涵棣送来这位教授介绍的两本英文书。我当然也无心阅读。

我和欧梵在剑桥苦熬了数月，每日以泪洗面，饱经折腾，到8月下旬回到我土生土长的地方——香港来了。既然西医罔效，何妨试吃中药？经同事介绍，便去看了一位张医师。命中注定我跟她有医缘，服药不到一星期，我的病竟霍然而愈，并且由张医师引领之下信了佛，突然悟出人生无常，应以平常心过日子，凡事不再执着，忧郁的情绪又一次得到解脱。猛然记起余先生的赠诗："欧风美雨历经年，一笑拈花出梵天。"岂不是应了我的信佛？还是，以后欧梵也会因我而信佛？诗的后一句是"法善维摩今证果"——余先生真是早具慧眼，看见我和欧梵都与佛有缘，成为他所说"修成正果"的印证。

　　我们既然与佛有缘，就得潜心修炼。 首要是多吃素，少吃荤。 师父知我凡心未尽，但每月的初一、十五这两天吃素却是最起码的要求。 我们也希望做到，但实行起来，也有实质上的困难： 欧梵在香港朋友很多，七天总有五天的饭局，友人邀宴很难坚持素食；待得初一或十五在家吃饭，又往往忘记了日子。

　　这样有意无意地一再延宕，始终没有确切地实行斋戒。 欧梵喜肉食，他常半开玩笑说："玉莹信佛是好事，她日后如果真的看破红尘，吃了全素，我就无肉可吃了，那时我怎么办呢？"他的忧虑似乎是过了头，我喜爱烹调食物，又喜欢宴请友人来家吃饭，戒煮肉类会少了很多好菜色，莫非要友人也跟着成为茹素者？ 或者会有这一天的到来，连欧梵都要吃素！ 可能是若干年之后，我想，还是看菩萨的指引吧。

情绪指标的五味牛腱

我跟文正分居后，第一道为他做的菜就是五味牛腱。

那大概是 1991 年的冬天，我俩在秋季协议分居，到各自买了新房子而正式过单身生活，已经是那年的冬天了。 秋冬都是令人伤感的季节。 他在一个秋日的黄昏向我提出分手。 当时我们坐在书房里，他手持着一张密密麻麻写满字句的纸。 他虽脸带忧戚，却用很平静而条理分明的语调读出他早已写好的"分居宣言"。 我正襟危坐地听着，偶尔碰触到某些观点，我会失声痛哭起来，但我的情绪基本上是平静的。 我们从黄昏的夕阳余晖中谈至夜幕低垂的时刻，有好长的一段时间我们坐在黯黑的房间中而忘记亮灯，好像我们都愿意让黑暗隐没了彼此忧伤的面容。

到"宣言"读毕，已经过去两个小时了，我们都感到饥肠辘辘，预备结束"会议"。 一同出外吃饭的当儿，我忽然冒出几句话："你什么家事都会做，就是不会烧饭，我们分开后，再没人给你煮饭了。这两个月里，我调教一下你的厨艺，以后就不怕挨饿。"文正当时耸耸肩，是不置可否的惯常姿势。 他终归是个生性不爱烧菜的男人，他无心学习，我也当不成烹饪老师。 十多年来，我惯于照顾他的起居饮食；分居后，我仍然愿意给他做饭，继续磨炼我的厨艺。

我煮菜从来不依章法，爱怎么做就怎么做，很多时候做出来的味道，往往是反映出当时的情绪。 做的时候不自觉，事后仔细想想才从食物的味道中品尝出心情来。 我性情素来内向，从小即惯于压抑自身的情绪，从来不晓得接触自己的感觉——自我认知能力很弱，但对于身旁亲人的需要却是了如指掌。 人非草木，孰能无情？ 所以我往往在不自觉中，利用煮菜来发泄内心的感情。

文正和我正式分居是在 11 月，我在离开沙田的家前一天为他做了几个菜。 现在只记得一样是五味牛腱。 五味是酸、甜、甘、香、辣。 先用甘草、八角、花椒、干辣椒煮开水加蜜糖及老抽成卤水汁，整条牛腱出水后放入卤水汁中炆煮至熟，吃时切成薄片，浇上麻油及醋即成五味俱全的牛腱。

这道菜是我首次试做的。 过了几天我问文正味道如何，他告诉我说："香味是够的，甘味适中，甜味不足，辣味太重了，我吃时，米醋放得太多，险些变成酸辣牛腱。"我听后禁不住哈哈大笑起来，跟着说："不要紧，以后我多做几次就会好吃了。我们共同度过的婚姻生活里，不也都是甜蜜不足，酸辣有余吗？"

在往后的日子里，我也曾多次炮制这道五味牛腱宴请朋友，文正几乎都有在座享用，朋友亦大加赞赏，称味道恰到好处。三年前我开始和欧梵一起生活，他最爱吃肉，其中牛肉更是他的至爱。他患有遗传性的糖尿病，胆固醇也偏高，应该少吃肉，白肉较之红肉健康，牛肉是红肉，最好少吃为妙。文正常在他面前夸我这道五味牛腱是如何如何好吃，他嚷着要一饱口福，我实在拗不过他的缠扰，只好给他做了一次，吃过后，他的评语是："甜味太重，而酸辣却嫌不足。"碰巧是欧梵不适宜吃太甜的食物。我想以后还是少做这道五味牛腱吧！

生命存在的证据
——清蒸鱼

很多年前的一个夏季，我每天下班之后，都跑到菜市场买一尾鱼回家佐膳。这尾鱼大多是活跳的，请鱼贩把它宰杀了才敢拿走。有时在清洗时，鱼身还在颤抖着，我会吓得乱了手脚。这种鱼的做法十分简单，锅子里煮开水，水沸了，放入锅中蒸十五分钟，拿出来加上姜丝及葱花，再浇上酱油及滚烫的花生油，便成了一道味道鲜美的清蒸鱼。

就这么一条清蒸鱼，加上白米饭一碗，我就是如此这般地过了四个月。有曾换过口味吗？我记得是不曾。为什么是清蒸鱼呢？是我特别喜爱吃鱼吗？我想不是。当然我并不讨厌鱼的味道，鱼味可以很腥，但活鱼蒸出来就不会有腥味了，况且姜葱也有助辟除鱼的腥味。

有人告诉我，多吃鱼肉对皮肤好，鱼皮中有种特殊物质可以滋润人的皮肤。那时候我有抑郁症，情绪低落，提不起劲来保护皮肤，连到百货公司买瓶皮肤护理霜什么的都懒得干；上班基本上是不施脂粉的，偶尔涂点口红了事；衣服不是每天更换，有时两三天才改穿另一套衣服。那时我最害怕揽镜梳妆，总觉得镜中自己的面容丑陋衰老，疲惫不堪，对自己是可憎可厌，进而自暴自弃。那时期金钱对于我全无吸引力，每月的薪金只是存折中的一个数字而已，因为我对穿吃玩乐全不感兴趣，每月的花费除了房租之外，就是买小说阅读。一天可以读完一本小说，每天所费也要三十至四十元，如此一次病发期间，总会读完四十至五十本小说。

我之所以发奋读小说，是它们的情节吸引着我，我的注意力可以完全投入小说世界里，而忘却自己的痛苦现实。我可以在走路时读，坐车时读，坐下来也读，连躺下来也照样读。我用不着用脑思考，只随着书中情节而神思流转。我没有自己的喜怒哀乐，小说中的人物感情牵动着我的心灵感应。每当我停了阅读，仿佛就成了个没心没脑的活死人。有如行尸走肉般地活着，连自己都感到可悲又可怕。

为了证明生活是无聊的，我每天不断重复地做着一些事情，连味觉也重复着，每天吃着一尾清蒸鱼，是表示我跟另一个生命有接触，一尾活跳的鱼被我吃了，我因此而感到生命的真正存在，而又在我口中消失。

我每天在电视机前吃着这尾清蒸鱼，也看着电视节目，画面在我眼前晃动，声浪在鼓动着我的耳膜，我如此视而不见、听而不闻地一口一口地吞着鱼肉。 除了酱油的咸味之外，我似乎并没觉着鱼肉的鲜味或腥味。 当然我的皮肤也没有因为多吃鱼肉而娇嫩起来。

吃过晚饭之后，我通常很早便上床睡觉，睡觉可以逃避现实。晚上十时后，是我心境最宁静的时刻，我不再胡思乱想，思维相对的平静，我总是关上灯，抱起在我床头的毛头小熊，对着它诉说心中的郁闷，仿佛它是真能听我诉苦的朋友。 然后我服下安眠药，往往在半睡半醒中向上帝祈祷，求他赐我能力克服抑郁症。 这般日复一日地活着，我的病不知不觉中有了起色，是神听了我的祷告抑或是我多吃了清蒸鱼之故，那我就不得而知了。

孤独而实在的花生酱多士

　　花生酱多士（toast）——一种非常普通的港式小吃，在任何一间茶餐厅都可以吃到。除了花生酱多士之外，还有油占多士——油占即是果酱加牛油。此外奶酱多士也是很普遍的，奶不是牛奶，而是炼奶（condensed milk），与花生酱混在一起，涂在烘热的多士上，味道好得很。这三种多士之中，我最爱吃花生酱多士，配上一杯奶茶，味道配合得简直是天衣无缝：多士的甘香酥脆，奶茶的香滑甜腻，令人吃个不停。其实我最喜欢的是茶餐厅的气氛，纵然大酒店的咖啡店有奶茶和花生酱多士吃，我也不会吃得出滋味来，何况我根本就不会在那种地方吃这种东西。

这是很多年前养成的习惯。星期六的下午四时至五时，我总爱到家附近的茶餐厅喝下午茶。我住过的地方很多——从新界的上水到沙田，从港岛的半山到北角——这些地区都很容易找到茶餐厅，吃一份好吃的花生酱多士很容易，但喝上一杯香浓可口的奶茶，却是很难的事，大部分茶餐厅的奶茶都做得不够香浓，往往给客人送上的是奶水而非奶茶——奶水是茶味淡而涩，花奶太多了；好的奶茶应该是茶味浓而滑，花奶量适中。我当然知道哪儿可以喝到香浓的奶茶，却都不在就近的地区，只好退而求其次，随便喝一杯过瘾也就算了。

通常陪我吃下午茶的友人是前夫文正。他是香港长大的"英国绅士"。他告诉我，念中学时已经学会吃下午茶，不单吃茶也跳舞，那时很多餐厅都设有所谓的下午茶时段，大概跟现在的欢乐时光（happy hour）相类似。我猜想他们大概更注重的是跳舞而非吃茶。70年代中期在我们谈恋爱阶段，他喜欢带我走遍港九著名的咖啡店喝咖啡，也就是吃另一种下午茶。我吃下午茶的习惯自此形成。在美国十多年的岁月都在沉闷中度过，因为美国没有吃下午茶的好去处。

我们是80年代末回到香港的，那时的香港经济繁荣，高级酒楼真是五步一楼，十步一阁，但一般的平民大众去的食肆多是茶餐厅，尤其是早餐，一家数口花费一百几十元就解决了一顿饭。我回香港不到四年，就跟文正分居，单身一人的生活十分简单，不愿意一人上大酒楼吃饭，茶餐厅反而成为我最常去的地方。小小的一间茶餐厅，感觉较为温暖，有些时候也碰见一些在低头独酌的单身人士，我身在其中，神态会显得自在多了。

　　每周六的下午茶，是我独居后的习惯，只要情绪许可，我例必去喝。遇上文正没空陪我，就只好独自喝着茶，吃着花生酱多士，独自寻找这一份闲适而实在的感觉。什么是闲适的感觉？周六、周日是不用上班的，下午，我一个人总不爱找朋友聊天，但独坐家中又太冷清，坐在茶餐厅却显得自由自在，尤其周围的食客都闹哄哄地说着话，我一个人坐着、看着，反而成了旁观者，闲适的感觉油然而生。至于实在的感觉是当了旁观者才产生的，如果自身也在闹哄哄的环境中反而觉得自我存在不真实，以旁观者的眼睛看事物，才能感到实在的自我存在。

　　跟文正一起吃茶，让我确切了解到我们已分手的事实。我们各自从家来到约定的茶餐厅，吃完了茶，又各自回到独居的家。俗语云："心在即家在。"我们的家分开了，表示我们的心再也连不起来了。我到茶餐厅处找回我的独立性，他呢？我从未问过他，大概他不会是单为了吃一份奶酱多士而陪我吃茶吧！

　　若干年之后，我跟欧梵约会了，虽然我仍住在沙田，从家出门走几十步就有一家茶餐厅，但是我饮下午茶的习惯，不知从何时开始被打断了。千禧年的那一个暑假，我打算八月底跟欧梵回剑桥去，正收拾行装预备搬离沙田第一城的家。有一个周六的下午，我约了文正和他的女友，连同欧梵，四人到附近的茶餐厅吃下午茶。文正介绍欧梵吃花生酱多士，欧梵吃后大为赞赏，还埋怨我为什么不早介绍给他吃，我不置可否，因为我觉得花生酱多士不再好吃了，茶餐厅也太嘈杂了，我情愿在家泡杯茶，觉得这样才清静舒适。

过年萝卜糕

　　我家的人都喜欢吃萝卜糕，萝卜糕是广东人过新年必备的糕点，就算家里不做，也会从店里买回来应节。记得小时候过年，外婆例必蒸几盆萝卜糕来吃，亲友来贺年都会招待他们吃糕，我们的亲友不多，余下的都落到自己的肚子里了。

　　外婆患哮喘病，冬天病发的次数特别多，病发之时十分辛苦，往往不能平躺在床上睡觉，用三四个枕头叠成小山丘般高，她头匍匐在上面休息。　一夜咳嗽好几次而醒来，每次咳嗽时都气喘如牛。　我记忆所及，几乎每年的农历新年，外婆都在病中度过。　她总是支撑着病体来预备过年的食物。　有两样食物是她一定会做的，就是油炸豆沙角子及萝卜糕，这两样东西做起来费劲，豆沙角子用油炸成，哮喘病人把滚烫的油烟气味吸入肺部，病情会更加恶化。　但外婆迷信，每年例行的事物，是一定要因循下去的。　萝卜属性寒凉，这是人所共知的事实，外婆体质寒弱，是不适多吃萝卜糕的。　每年的新年过后，她都持续咳嗽两个多星期，因萝卜糕吃得太多了，可她就是爱吃，戒不了口。

　　我从来没有留心过外婆是怎样做萝卜糕的，只知道用萝卜做主要材料，当然也加上香菇、虾米干及腊肉，至于用什么粉和萝卜，是后来问人才知道的。　第一次做却由于自作聪明而失败了。　那时我在芝加哥伴读，有一年农历新年，忽然兴起想要蒸盆糕点过新年，是为了一解游子的乡愁吧！　材料什么都买好了，凭着一些想象力和记忆力，就着手蒸糕了。　弄好之后预备切片煎来吃，却总也切不起来，糕粘着刀背，用力也提不起来，我和文正就只好吃萝卜团了，后来才晓得蒸糕应用粳米粉而非糯米粉。　另外有一回我试着做年糕，用的是粳米粉，蒸出的年糕，硬得像石头，用大菜刀也劈不开，后来有人告诉我，我又错了，蒸年糕为什么不用糯米粉而用粳米粉呢？　我也真是糊涂得可以。

　　我们在芝大过了九个新年，总不会因为有一次做年糕失败就不再尝试，第二回做味道就对了胃口，只是稀稠程度每次都拿捏得不够准确，结果弄得不是太软就是太硬。　直到八九年之后，从香港菜市场的菜贩大婶口中，才得到较为准确的分量，做出来的萝卜糕逐渐达到职业水平，实际上比外面卖的味道还要好得多。　因为自家做的萝卜糕是萝卜多、米粉少，其他材料也是分量足够，如将虾米干换作干贝，味道更为鲜美，蒸熟后在糕面上撒上芫荽碎花，更增加其香味，青绿颜色点缀起来，颇能吸引食欲。

回到香港几年后就跟文正分居了，一人独居，再爱拾缀也难成家了。有好几年的新年都在情绪抑郁中度过，度日如年，哪有心情张罗过年。那时特别讨厌过年，因为触景伤情；每家人都兴高采烈拜年去，只有我形单影只，自伤身世。文正尚未有女伴之时，他反正也是孤家寡人一个，我们也凑合着共度新年，但我们毕竟不再是夫妻了，聚合在一起，难免勾起重重心事，所以过年对于我们俩而言都是"苦难期"——是不想过又得过的日子。

如此的苦难又过了好几年，当然其中情绪有因为服药而转好的时候，通常是坏两年好两年，如此折腾了几次，白白浪费了十年的美好人生。当然，这不是自己可以控制得了的。1997年的7月，好了两年多的抑郁症又偷偷地来侵袭我，事前没一丁点儿先兆，杀得我措手不及，看医生服药至农历新年期间，病情仍未见有太大的起色。幸运的是，文正仍是单身，他尽量每天抽空陪我吃晚饭，初时在外头吃；后来为了鼓励我提起精神煮饭，他每星期来我家吃三顿饭。新年到了，我提议做几盆萝卜糕，目的是提升我的过年情绪。原来低落的情绪，干什么都无精打采，只好逼着自己下手干活，但仍是难忍忧郁的感觉，害得自己边流泪边做活。

做萝卜糕要花的功夫多得很：先把萝卜刨成丝，十斤萝卜混在一斤的粳米粉里。萝卜成丝之后放在大锅中煮熟，其他如香菇十颗左右、腊肉一条切粒、干贝几大粒先用热水浸开。全部材料炒熟，再放入先煮熟的萝卜中，逐次减量放入粳米粉搅匀；其间加入适量的幼盐及胡椒粉。 在锡质的盆中底部涂少许生油，放入混好的材料盛至锡盆八分，最后用中火蒸至熟透为止。 熄火前用干净的筷子插进糕盆中，如果没有粉粘在筷子上，则表示糕点熟了，即可以收火。 那次我蒸了三大盆，我和文正连续吃了一个星期的煎萝卜糕当午餐，腻得我以后的几年都不想吃萝卜糕了。

2001 年我又在香港过农历新年。 我跟欧梵于一年前结婚，我又重新有了一个家，虽然年初三我们就得回到剑桥去。 我们特意安排在香港过年，让欧梵体验一下香港人的过年风俗。 况且他单身多年，又身在异域，当然忘记了如何过年。 我是他的妻子，当然要他亲尝家室之乐，所以那时我们都有很高的兴致，早早买备年货： 有吃的、穿的、用的。 文正早在欧梵面前夸我的萝卜糕做得顶好，我能逃过不给他做吗？ 但他患有糖尿病，不宜多吃腊肉，我只好用大豆制的素火腿代替腊肉，干贝也少放一些。 萝卜对他身体还可以，一年吃一次嘛！ 我也正好趁此来练习一下手艺，荒废了不好。 后来我才晓得，欧梵是最爱吃萝卜的人，看来以后我又得每年蒸萝卜糕过新年了。

忧郁的菜式
——毛豆干炒鸡胸肉

　　我从书本里知道的知识是：抑郁症病人需要多种的营养素，而且要有均衡的营养。其实常人都要如此，更何况是病人呢？但我每次发病都犯着同一个错误，就是饮食失调，营养不足。千禧年后的一年，我的旧病复发，这次我不是独居，而是要欧梵跟我挨过苦日子。

苦日子并不会因两人共度而稍减其苦，反而是更增其苦。以前独自面对低落的情绪是比较简单的，就是不喜言笑，躲起来就成了；现在身边有了一个丈夫，他关心我的喜怒哀乐，对我的心思情绪都巨细无遗地关注着，我却怎样也无法让自己快乐起来。这对他造成了沉重的负担。我怜他，他怜我，我俩仿佛被外界遗忘了，外界又被我俩隔离了，这样的日子是长如线，好像过也过不完。我俩的心灵是枯干的树木，需要杨枝甘露来灌溉，但杨枝甘露何处求？终也不是牛衣对泣吗？

如此这般地折腾了半年，这半年大概分为两个阶段：病发初期是睡不稳、吃无味、无心看书或看电视、不言不笑、怕见人、无端哭泣不停、时有自杀念头。欧梵从未有此种经验，他看遍西文书籍，试图了解我的病状，他每天和我谈话，做心理分析，把他的心理知识都倾囊而出，但对我的病况似乎帮助不大。一个半月之后，我们都沉默下来，他不再分析，我不再哭泣，我们默然无语地过渡至第二个阶段。我开始读小说，而且是沉迷地读，每天从早到晚，不停地读，小说的情节霸占着我的思维。但我的感觉仍然麻木，医生劝告我多做运动，有助痊愈，欧梵就陪我往锻炼俱乐部跑步，每天一小时，几乎风雨不改。后来两个月的晚上，坐在电视机前看激光碟一至两套。我们很少交谈，却晓得彼此的心灵是相通的。夜里躺在床上入睡之前，轮流开声祈求上帝，求他让我早离药物。欧梵并非基督徒，他在求助无门之下，却愿意祷告，我想是求心之所安吧！

欧梵时常说，在家吃早餐是他最享受的时刻，他爱吃我煮的麦片粥，伴着的还有他喜读的《纽约时报》。有时我们闲话家常，倍感温馨。我生病后，最初几天还勉强起来为他做早点，我们都希望借此来维持一种正常的生活状态，但时日久了，随着我的病况日渐加重，我再也提不起劲儿做早餐了。 我醒后仍赖在床上发呆，害怕起来面对漫长的一天；欧梵必须出去教书，他按时起来，跑到楼下为自己做早餐，还不时跑来卧房看看我，很多时候我假寐着，他便怅然下楼做事去。 我知道，没有我的陪伴，他再也不享受早点时刻了。

好不容易拖到中午起床，我胡乱吃点东西垫肚子，吃下要服的药丸。 在病发前，我是挺花心思预备午餐的，每天做不同的东西，有时欧梵在家吃过才回哈佛上课，更多的时候带个便当回办公室，他总是志得意满地跟同事说："这盒是老婆给我做的午餐。"现在我没心情做饭，他只好替我下厨，连饭后清洁器皿都由他一手包办，俨然是个"住家男人"。 我的心歉疚极了，都六十岁的人了，除了担心我的病情，还要服侍我的生活起居，这可真是患难见真情呀！

在平常的日子里，晚餐是最重要的一顿。 欧梵教书回家，享受着我为他做的靓汤佳肴，使他的疲累尽去。 他常说："吃过你煮的菜，我感到浑身舒畅。"看他吃得开心，我也做得愉快。 但好景不长，在这个关口，他吃不到我煮的菜，还要下厨做饭。 他煮的菜原来就只有两三种款式： 牛肉碎煮西红柿、豆腐煮牛肉碎、卤水牛肉等。 我们结婚之后，做了身体检查，都有胆固醇偏高的问题。 牛肉是红肉，胆固醇含量高，不宜多吃。 我每次病发都有严重的疑病倾向，总觉得自己满身病痛，什么肝病、胃痛、心脏病、神经衰弱全都有。 所以我对食物的选择，特别严格，但标准尺度从何而来，却又是天晓得！ 既然我的胆固醇高，欧梵也是，还加上血糖高，以为必须杜绝吃红肉；鸡胸肉被认为是最健康的肉食了，豆类对糖尿病人又有好处，所以几乎每天都煮毛豆鸡胸肉。 但只是这两样东西太单调了，而西红柿含有高抗氧化物质，蒜头能增加身体的免疫能力，并有强化血管的作用，将之切成粒状，以小片的柠檬作为调味品，可辟除鸡肉的肉腥味。 这样的一道菜，我当时认为是最健康又省劲的，味道的变化只有咸淡的差别而已。 欧梵吃多了会腻，但碍于我的坚持，他也不好改变以免惹我生气，于是我们连续吃了四个月的鸡胸肉炒毛豆西红柿。

到了台北看气功师傅时，他第一眼即断定我们都缺乏营养，应该开怀大嚼。 我们遵命而行，两个月后检查血液，我们的胆固醇并没有因多吃而升高，那我们岂不是平白吃了四个多月的苦？ 看来均衡的饮食习惯才是最重要的。

哈佛广场的好面包

我这个人似乎跟校园特别有缘分，我的一生，有一半的日子分别在四所不同的大学里溜达徘徊。 它们是南伊利诺伊州立大学、芝加哥大学、香港中文大学以及哈佛大学。

我在南伊利诺伊州立大学度过了青年学习时代。我在那儿的活动范围是往返于住所及学生中心：除了上课之外，我爱跑到学生中心温习功课，那儿有轻音乐在耳边流转，大沙发颜色悦目，坐着舒适。我习惯把两张沙发拼在一起，作为我临时的床，卧在其中看书、睡觉、听听音乐，就度过了一个下午。

毕业后，随文正——我的前夫——升学到了伊利诺伊州北部的芝加哥大学，我在那儿度过了青春岁月，近十年的伴读生涯就在风雪声中默默流走。那时候，我学会了如何利用自身的"人力资源"——烹饪术及劳动力来赚钱养家。在赚钱之余，我流连在芝大著名的远东图书馆里，阅读晚清及现代文学作品，以及英文的俄罗斯小说。耳濡目染，我逐渐成为成熟的小妇人，不再对花忆想，对月感怀，倒习染了或多或少的人文精神，这是拜芝加哥大学特有的文化氛围所赐。

文正毕业了，我们又回到香港。他在香港中文大学教书，最初的两年我们住在教职员宿舍。宿舍宽阔舒适，靠山面海。海就是吐露港，从露台远眺港口景观，海面澄静如镜，经由生活压迫而兴起的心波皱纹，一瞬间被抚得平顺下来，心中再没有一点波澜。每天面对如此"良辰美景"，我们倒愿意忘记住在山上的交通不便。后来大学给我们房屋津贴，才搬到就近的沙田地区，每次望着淤泥充塞的城门河，更叫我们怀念吐露港的明山秀水——风景还是远眺较近观耐看。两年后，我和文正的婚姻关系也恍如城门河般淤塞不通而分居，结束了十年多的婚姻生活。

到了世纪末的最后一年，我跟欧梵展开了一段新恋情，一年后我随他移居到美国的剑桥。他在那儿的哈佛任教，于是我再一次回到校园去，这次是"伴教"。我已不再流连于哈佛的东亚图书馆。是我不再喜爱阅读吗？非也，我只是变得更喜欢小资产阶级的生活情调，情调之一就是泡咖啡店。喝咖啡还在其次，在咖啡店写作才是最赏心的乐事。

现在的我，无须再为衣食奔波，可以真正享受生活。在剑桥，除了做家庭"煮妇"之外，其余时间我做了业余作家——丈夫上班我就写文章。在家里写文章，过于认真了，文思不够通畅；坐在咖啡店里，一边啜着咖啡，一边执笔，让周边的人物活动，带动着我的笔杆走移，填满一张又一张的原稿纸。几小时之后，步行到欧梵的办公室，一起回家吃晚饭。

我平时最常去的咖啡店是在哈佛广场的 Au Bon Pain。这是一家很大的食物店，专卖各式三明治和法式牛角包，有甜的也有咸的，更有美味的汤，当然还有咖啡。它位于哈佛广场的正中地段，就是当眼处，谁人来到哈佛广场，一定会看见它，也会在那儿买些什么吃的喝的。在大多数的日子里（除了严冬），都集结了很多人在那儿下棋，一桌一桌地围满了下棋和观棋的人，好不热闹，连附近一带的鸽子都引来了。我想，人都有爱好群居的习性，自然喜欢这地方。在这儿让我感到人生的气息。

前年我患病，每星期到哈佛诊所看心理医生，往往在见过医生后，必来到这家店喝杯咖啡、吃一个法式甜芝士牛角包，开始吃这种包之前曾经许愿：待我吃到第十六个的时候，我的病就会痊愈了。于是，每次吃着它，心中都充满希望，四周的热闹气氛，为我干枯的心灵浇下一杯清水，使心灵暂时得到一点滋润。

法文 Au Bon Pain 的意思是"好的面包"，这确是名副其实的好面包，吃到第十七次之后，我回香港去了，不到两个星期我的病就霍然而愈了。我想是因为自己有了要好起来的决心，令我的好心情恢复过来的。"好的面包"只是催化剂而已。

一碗麦片粥

——吃出几种心情

　　麦片粥(oatmeal 或 cereal)这门子食物，是最寻常的美式早餐。70 年代末我到美国念大学时即开始以麦片作为早餐，就图它方便又有足够的营养，至于味道嘛，当然是很一般，但作为一个学生，早上时间紧迫，哪有时间做早点，随手倒上一碗干而脆的麦片，倒入牛奶就可以解决一顿。这种吃法在夏天还可以，遇上寒冬的早晨，一碗冰冷的麦片加奶，进入胃里，感到不太受用，根据中医的说法，可能对肠胃造成伤害哩。 那时我和文正都还是年轻人，大概不致"受伤"太重吧！

后来北上芝加哥大学，早餐仍是吃着这种麦片，只是另外加上香蕉一根，以补充镁、钾等矿物质，那时我晚上睡觉常有小腿抽筋的现象，友人介绍多吃香蕉可以有助纾缓此症。 又有一阵子我患便秘，我知蜂蜜可治这病。 于是就养成了早晨喝一杯温蜜糖水的习惯。 芝加哥冬天气候严寒，早点宜进热食，但我这个懒惰惯了的主妇，总也不愿提早起床给丈夫弄早点，他又不要求，我也就得过且过了。

1994 年的冬季，我患着严重的抑郁症，家住在香港的新界上水。那是一幢新建的大厦，我单独住在那大厦的最高一层——二十八楼，全层共有八个单位，但只有我一位住客。 那时情绪低落得很，每天到办公室走一遭就回来窝在家中，也不煮晚饭，有好几个周五的白天也没心情去上班。 那么就往往连着周末一起三天都足不出户，也不跟亲友打电话，从早到晚躺在床上看小说。 厨房的冰箱里时常只有一瓶牛奶，冰箱顶孤零零地放着一盒麦片，其他就找不到一点可吃的食物。虽然我从不感到饥饿，但每天总得吃点东西，于是麦片加牛奶就成为我的主要粮食。 通常我都选择早上吃下这碗冷麦片，如果下午上班的话，还会在外头胡乱吃些东西，假若遇上三天的长假期，麦片粥就成了我每天唯一的一顿饭了。 我当时住的房子是朝西北方向，位置又在顶楼，所以冬天特别冷，每天早晨窝在被窝里吃着这碗又冷又硬的麦片，吃过后不但没有感到有热量，反而感到冰冷的一大碗东西堵在胃里，令全身都冷冻了。 体内的血液仿佛都凝结了。 我僵直躺在床上不动，把可以盖的被子都用上了，但身体仍然是冰凉得没一丝暖意。

有一次我问心理医生："为什么我没有感到饥饿、困倦、冷暖、悲喜，岂不成了活死人？"医生回答说："可能是你对世上的人和事都彻底失望了，所以连带你的身体触觉都麻木了，你的身体本能在保护你，免得你多受痛苦。"多年之后想起来，医生的话多少也有道理的。如果用佛家的道理来解释，似乎跟我近日背诵的《心经》上的说法，自是不谋而合。

最近我们的好朋友汪晖、施颖夫妇来家做客几天，我为他们做早餐。施颖特爱吃我做的麦片粥。现在我做的麦片粥倒是花了点心思，同样是麦片，这种却不是现成可吃的，必须煮熟才能吃。麦片粥还放了红色的枸杞、蓝色的蓝莓、黄色的香蕉片、乳白的蛋清，最后加入低脂牛奶一杯混着吃，入口香滑微甜，看来色彩悦目，更重要的是营养丰富。很多时候，我会为欧梵添上他爱吃的小西红柿及小黄瓜，还有一片荞麦做的面包及一杯无糖豆浆。

我是何时开始做这碗麦片粥的，我一时也记不起来了，大概是从我和欧梵一起生活的那一天就开始了吧。欧梵向来有吃热麦片粥的习惯，他单身时也为自己做，他说没有我做的精彩。麦片粥本身就很单调，我的麦片粥却是变了调子的粥，他的麦片粥是素描画，而我的是油画——颜色多姿，内容也丰富，难怪他再也不要吃自己煮的麦片粥了。他说一天最享受的就是早饭，有时我们起得晚，哪怕是早上十一时，他还要吃一碗我煮的粥。

麦片粥似乎跟我结下不解之缘，和我休戚与共。近年来，哈佛诊所的家庭医生检查出我有胆固醇偏高症，劝谕我多吃纤维质的食物。麦片的纤维素含量高又富营养，是最好的早点食物。我和欧梵组织了一个温暖的家，再也不要吃冰冷的麦片粥，用五彩的水果来煮成一碗热乎乎的麦片粥，寓意我们的家庭生活充满活力而更具色彩。

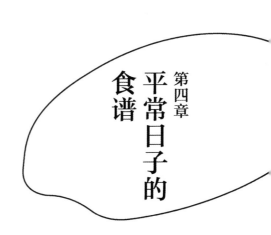

第四章

平常日子的食谱

龙凤呈祥的三杯鸡

"9月12日(剑桥)：就是这一天，我们结婚的好日子！"我的日记本里这样写着。"虽然我们早已私订终身了，但心理上还是感觉不同。当我把戒指套在你手指上的时候，我知道是一个天长地久的誓言。亲亲，我爱——我向你做一辈子的见证——'Pledge'，我听到 City Hall 主婚人说的这一个英文单词，觉得十分恰当。"这段话是欧梵对我上段日记的回应。没错，2000年的 9 月 12 日，我们在剑桥的市政厅公证结婚了，观礼的友人除了王晓明夫妇和女儿，还有冯涵棣、陈建华和李政锋。婚礼仪式简单而庄严，我的心情有点紧张，尤其是跟着主婚人念英文誓词，更是有点儿结结巴巴的，好像有种念错了就结不成婚的感觉。欧梵念得比我好多了，他不愧是个大教授，演说惯了，但那天他的神态除了自信之外，还加上了一份幸福的笃定感。

仪式完毕，我们大伙儿回到家中，略事休息之后，开车到唐人街吃午饭。这是一顿普通的午餐，我们的婚礼就是不要铺张；简单的仪式、简单的喜悦，如此而已。

那天我们选了一间台湾小馆用膳，是有特别考虑的：来自上海的王晓明一家，大概吃腻了上海菜；陈建华来美多年，试试台菜也好；李政锋是台湾人，住在美国久了，相信他对台菜也有亲切感；涵棣刚刚从台湾来了两个月，当然也很想吃台湾菜。至于欧梵嘛，他口味多元化，只要是好吃的东西，他都爱吃。我呢，跟原来从台湾来的欧梵结婚了，当然要尝尝他的"家乡菜"喽！

午餐我们点了九碟菜——九者，长久之意也。菜名我都大致记得。一、腐乳炒通心菜：通心通意，水乳交融的意思。二、干丝炒牛肉：干丝配肉丝，丝丝情意长。三、鱼香茄子煲：茄子颜色是紫色，色调浪漫，而鱼香酱汁甜，既浪漫又甜蜜，这不是很好的祝婚语吗？四、五香牛肉：我们尝尽人生五味之后才结婚，再吃五香牛肉才真正感到五味原来都是香味了，五味依我的解释是酸、甜、苦、辣、甘。五、琵琶豆腐：取琴瑟和谐之意。六、豆豉蒸鱼："鱼"音与"余"同，余者有多出来之义，像广东人过年三十晚都吃鱼，表示年年有余之意。七、蚵仔煎："蚵"字音与"哥"同音，蚵仔，即哥仔（年轻小伙的意思），代表新郎哥是年轻力壮的"小伙子"。八、芋头丝瓜排骨汤：我的朋友说："芋头和丝瓜对糖尿病人有益处，你们应该多吃。"结婚后的第一顿就开始照顾丈夫的身体，这又有何不可呢？　九、三杯鸡：三是个完整数，我们都爱说三三不断，六六无穷，三这个数字又是代表尊敬之意——祭神用三牲礼品、祭祖先用白酒三杯，而且"三"谐音"生"（广东音），所以三是吉利的数目。这是我第一次吃三杯鸡这道菜，吃过之后十分喜爱，回家后也试着依法炮制，要把甜蜜喜气带回家，而且是无穷无尽的。

三杯鸡用的调味料是：一杯酒、一杯麻油、一杯老抽。其余的配料是少许糖和粟粉。姜切片，把蒜粒先在油锅中爆香，加入斩件的鸡肉在锅中快炒，逐杯调味料倒进锅里去，火要猛，快炒几十下之后放入一杯水及粟粉，然后用锅盖盖好，调慢火再炆煮二十分钟，可成一道美味可口的三杯鸡了，如果加入几根九层塔香草菜，味道就更佳了。

七色菜

——为平淡生活添加色彩

什么时候开始，我做着一盘七彩缤纷的菜。

准确日期忘记了，大概是我和欧梵结婚之后吧！
2001 年 1 月下旬，我们回到冰天雪地的波士顿，此地冬
天没有什么色彩——包括天色及心情。 天色总灰暗暗
的，傍晚未到六点钟，天色已全黑，心情也跟着沉甸甸
的，提不起劲儿做任何事。 我很多时候是躺在床上看

小说，时而给在办公室工作的欧梵打个电话。 等到每天下午四时三刻左右，就开始预备晚餐。

在美国的生活很简单。 欧梵每星期有五天一定要回到办公室工作，这是丈夫的日程。 我嘛，在美国是无业游民，除了旁听他的两门课，其余时间都是闲着的。 那时候，我的膝盖在前一年已开始发炎，走起来不太灵活，所以多少影响了我的游兴，如非必要都待在家里。

每天做两顿饭成为我最大的事业。 我们很少到唐人街超市买菜，平日多在剑桥的市场购物。 那儿市场面积虽大，却找不到很多想买的东西，尤其是蔬菜，来去只买那几种；至于肉类更是选择奇少，不是鸡肉就是猪肉。 我们少吃牛肉，而鱼都是切成片状的，看来不是很新鲜，很难引起我的购买欲。 我这个住惯香港的人，在香港市场可以随时选购到活鱼、活虾、活鸭、活鸡，各种蔬菜应有尽有。 在美国市场购物，我时常有一种奇特的感觉： 金钱的用处不大——单指日常饮食方面而言。 以前外婆常说："开门七件事，柴米油盐酱醋茶。"这些都是烹饪用的材料，虽然都可在唐人街买来，但其他的蔬菜肉类都好像不太对劲： 蔬菜有其色而没其味，肉类切得奇形怪状，很难煮出好的中国菜，买来的煮菜材料只能做出半中不西的菜色。 丈夫辛苦教书，回家都享受不到一顿好的中国菜，金钱不是没有什么用处吗？

通常我并没有预先想好要做什么菜，都是靠临时的灵感，找到什么做什么。 那天大概是星期五吧，我们通常在那天买菜，所以冰箱挤得满满的，五颜六色的蔬菜一大堆，单看颜色已经很好看。 我这人对颜色特别敏感，平日家居的摆设，都很注重颜色的搭配，说到穿衣服的色调配合，更是讲究。 那天看见冰箱里色彩耀目的各种蔬菜，立刻想到该做什么样的一道菜。 吃菜不单要注意色香味，营养也很重要的。 每个主妇都应该知道，每种蔬菜都有不同的维生素，我们身体每日需要种类不同的维生素来维持健康，所以我们必须吃多种类的蔬果。 肉类也是如此，此谓均衡饮食。

灵感来了，我取来青椒、红椒、紫洋葱、椰菜花、包心菜、西兰花、青豆仁、西红柿等八样菜，每样切一些成片状；配上蒜三颗（切片）、姜两片、柠檬一片切小粒。 将鸡胸肉一大块切片作配料，在鸡肉上放入绍兴酒、酱油、粟粉等稍停十五分钟。 蒜、姜大火起锅后逐次加入洋葱、西红柿、椰菜花、包心菜、西兰花、红椒、青椒、青豆仁，最后加入柠檬粒。 盐当然早放了，炒大概三四十下上碟。 鸡肉用火炒两分钟即可。 如家中有白色的碟子最好，把烧好的菜放在上面，颜色缤纷夺目，这盆菜真可谓做到色香味营养俱全。

欧梵回家，看见这盘菜，登时赞不绝口，还引用了张爱玲对衣服颜色的意见——什么"参差的对照"。 他对着这盘菜，像欣赏一件艺术品般，差点儿舍不得举箸。 那天晚上，我们的胃口特别好，就因为这盘菜为我们平淡的生活加添了不少色彩。

自此我每逢感到生活沉闷之际，都想到做这道菜消解闷气，而且每次都更换蔬菜的种类，造成更多的参差与对照。 直至最近欧梵突然向我建议说："老婆，你应该报名学习画画。 你对于颜色的配搭很有天分，说不定将来可以成为一个画家。"其实我做这道菜的深层目的，是要告诉他，我现在感到很快乐，连煮的菜都是色彩缤纷，正如他常说："你现在是心花怒放的时期，女人快到五十，仍是鲜花一枝哩！"

在剑桥的健康早餐
——煎蛋卷

在美国剑桥市有一小广场名彦文广场（Inman Square），那儿有一家百年老餐馆 S&S（雅士与雅士）。这样富有文味的地方名字，只有在文化之城波士顿才有。

这广场一带餐馆林立，有葡萄牙的、中东的、中国的、意大利的、希腊的、法国的、印度的。当然也有美国的，S&S 就是了。 S&S 做的是传统美国食物，如三明治、汉堡包、煎蛋卷(omelet)等。 这些都是寻常的美国家庭食物，可以想象得到百年以前的农庄家庭，他们的早餐、午餐，甚至晚餐也是吃着这些东西。 所以每次来到这儿吃早点，总有种回到"家"的感觉——"家"是剑桥的家，跟香港的家又有不同的意义。 近年来我在剑桥与香港之间两头跑，时常有种心无定处的感觉。 在香港的日子，忙于见亲友，又可以回到自己的办公室，家的感觉较强；回到波士顿之后，没有太多的亲戚朋友，也没有办公室可去，待的日子又较短，有时午夜梦中惊醒，常有种"梦里不知身是客"的感觉。 很多个周日的早晨，我从酣睡中醒来，总爱提议到 S&S 吃早餐。 在这儿一坐下，侍应先为我们倒上一杯热腾腾的咖啡。 啊！ 我们又回到剑桥的家了，我们正在吃着传统的美式早餐。

通常我们都会叫两份材料不同的煎蛋卷，交换着吃。 现代人讲究健康，煎蛋卷可选择以蛋白或代蛋。 一般我吃了大半即感到很饱，再也吃不下了，倒是咖啡常会添上半杯，因为它常赋予我很多的想象空间！

耳畔忽然传来马蹄哒哒的响声，车上坐着的车夫在前头赶马，车厢里有男有女也有小孩，一对绅士淑女装扮的男女从对街朝我们坐的餐馆走来，又有好几个男的手执手杖，女的戴呢绒花边帽子，长裙曳地，姗姗携手在街上漫步。

"小姐！ 你要再添些咖啡吗？"原来我又在做白日梦了。"谢谢你，不要了。"——不然我的白日梦会没完没了。 该是付账返家的时候了。

回家途中，欧梵大多会买一份《纽约时报》——他的精神食粮，每星期日必吸"读"的"鸦片烟"。 几十页的纸，他花数小时才读毕，却带领他满足地过渡到下一个周日——吃煎蛋卷的瘾头又来了。更多的周日午餐，我会亲自动手做一份田园煎蛋卷。

这煎蛋卷所需材科种类繁多，都是蔬菜如青椒、菠菜、洋葱、西红柿、意大利茄子，加上一种芝士。 鸡蛋以代蛋取代，所有蔬菜切成长条形状，在锅里放盐炒成大半熟。 蛋最好以平底锅煎成大块，放入蔬菜及芝士，蛋块包卷起来即成煎蛋卷。

煎蛋卷弄得漂亮很不容易，千万不可心急，要做到胆大心细才可成功。 我是个粗心大意的人，每次为了煎好一份煎蛋卷，都得仔细磨砺我急躁的心志，所以做起来并非一件易事。

栗子冬菇炆鸭，欢度感恩节

去年的感恩节是 11 月 28 日，正好是我们卖房子后的第二天，我们刚成了"无家"可归的人，被欧梵的同事 Idema 教授夫妇邀请到他们家过节，倍感温馨。

很多年没有在美国度感恩节了。 感恩节的传统食物是烤火鸡。 我从来不爱吃火鸡，它的肉硬得像树皮。 在芝加哥的时候，我家的感恩节食物是栗子冬菇炆鸭，味道远胜于火鸡。 大概美国以外的人都不爱吃火鸡，那天在 Idema 家吃的是荷兰豆汤。

据说豆汤是荷兰人冬天最普遍的食物，在严寒的冬日喝一碗热豆汤，既有营养又感温暖。 豆有丰富的蛋白质及各种维生素，汤是用猪肉骨熬成的，还有猪肉肠掺杂其中；豆当然是不可缺少的材料，要花上几个小时才能煮好。 这是 Idema 太太告诉我的。 我们很感谢她为我们这群异乡的游子煮了这么好吃的汤。 她是个十分爽朗的女人，我跟她特别谈得拢。 在剑桥，亲近的朋友不多，她平日都很关照我，在我患抑郁症的时期，她时常来家跟我做伴，给我不少支持。现在回想起来，犹如一直吃着她为我做的心灵豆汤，既有营养而又温馨。

感恩节第二天，我跟欧梵在家里过节，我想到为他做一盆栗子冬菇炆鸭。 鸭子做菜是很好吃的，但我却很少做，一方面是鸭肉的胆固醇含量高；另一方面是鸭子的体积大，脂肪多，做起来费劲。 在炆煮之前，通常需要在油锅中稍微炸一下，这步骤叫作去油，把鸭皮中大部分的脂肪都融化掉，吃起来比较不油腻。 栗子去皮，冬菇除蒂，在水中浸一小时。 鸭炸好备用，烧红锅，放入鸭，再加入调味料如糖、酱油、蚝味汁少许、盐、绍兴酒及水两杯，最后倒进栗子和冬菇，盖上锅炆煮大约一小时至鸭身软熟。 记着炉火切忌大，以中火为宜。

鸭子煮好了，我们吃了两天才把它吃光。 欧梵乐得很，他最爱吃鸭肉，这点跟文正倒很相近。 我跟欧梵结婚之后，发现我的前夫跟丈夫对食物的喜好很接近，只是前夫有节制而欧梵没节制，每顿饭非要我严厉管制不可。

空前"绝味"的马六甲
海南鸡饭

　　我最爱吃的肉类是鸡肉。 在美国，鸡肉最便宜，但鸡用化学饲料养，鸡只肥大，肉质却是松软而缺乏弹力，也没有鸡的鲜味，所以我在美国不爱吃鸡肉，每次回到香港才大吃特吃。 我认为鸡肉最可口的是原味，原味者即是炮制时不用炆煮也不用炸的烹调法，蒸熟或焗熟较能保持原味，所以我最喜吃盐焗鸡或海南鸡饭。

盐焗鸡是客家名菜，做起来颇费功夫。 平时在香港饭店吃到的，大多是盐水鸡，吃时蘸上淮盐砂姜粉就算是盐焗鸡，真是有点鱼目混珠之嫌。 很多年前，我在九龙旺角一家饭店点了龙江鸡，那儿的盐焗鸡驰名港九。 当时，我跟哥哥还是处于发育时期的年轻人，两人可以一顿饭吃掉一只大肥鸡。 后来留学美国，有好几次忽然想到鲜美的盐焗鸡髀，口涎止不住，于是自己动手做盐焗鸡，味道却完全不对劲，究竟是味道抑或是鸡的肉质不对呢？ 总是说不出来。 从此我就放弃了自己做盐焗鸡的念头。

1998 年回到香港，又可以四处寻找美味的鸡肉了。 有一次在香港的新加坡餐厅尝到海南鸡饭，口味很新鲜。 鸡是原味蒸熟，吃时蘸上酸辣的酱汁，还有甜酸黄瓜作配料。 最好吃的是那碗鸡油蒸饭，以捣碎的姜粒混着来吃，味道好到无以复加。

十多年之后，我又有机会长居美国，闲极无聊，馋嘴的毛病又发作了。 这次想吃的是海南鸡饭，忘记了上次做盐焗鸡失败的经验，又再凭空想象做起海南鸡饭来了。 先买来鸡一只，大约重两英磅，越轻越佳，以盐粒在鸡身内外洗刷一遍。 将一大盒清鸡汤烧沸，把整只鸡放进汤中盖过全身，炉火慢收，以鸡汤不沸为度；浸过大约十分钟，此时鸡只有七分熟，后复放入电饭锅中蒸焗十分钟。 此时米已煮成熟饭，鸡油渗入饭中，取出鸡只斩件即可食用。 原鸡汤可随意加入青菜豆腐煮来喝，酱汁可随自己口味调制，不外乎是姜葱蒜粒，选其两种混之以辣酱蘸鸡肉食用。 我如此这般做出来的海南鸡饭，味道还算不错，当然及不上在新加坡及马来西亚吃的，却也是聊胜于无吧！

直至 2002 年，我在新加坡的文华酒店才吃到真正的海南鸡饭。

访新加坡之前，友人戴洁莹早给我介绍在新加坡吃鸡的资料。　那天欧梵早上开会，中午偷走出来，陪我到那指定的酒店吃午餐。　那儿的海南鸡饭是满满的一大碟鸡肉，骨头早已去掉，"鸡味"十足。　我改吃白饭，鸡油饭太油腻了，我们不敢吃，淡口的白米饭配上辣味的酱汁，别有一番风味。　以为那天吃的鸡饭已经是极好的了，后来跟当地人求证，原来还有更好吃的去处。

那个好去处就是在马六甲边上的一家小饭店，那店铺看起来貌不惊人，还有点拥挤及肮脏。　午饭时候人潮汹涌，我们十多人肩碰肩地坐在一张小圆台上，先是每人一杯椰青水，跟着伙计放下两大盘斩好的鸡件，另外炒杂菜两盘，饭最后送上——圆滚滚如玻璃珠子一般大小的鸡油饭团。　我们用手抓上一粒往嘴里送去，入口甘香油滑，鸡肉更是鲜美肥嫩，比之文华酒店的又是胜出几筹。　我们吃过这家的海南鸡饭，相信已确认了什么是最好吃的海南鸡饭了，回香港之后，我再也不在餐馆点这道菜，更遑论在家里炮制海南鸡饭了。

油条脆烧饼香，绝配咸豆浆

要吃最好的豆浆、烧饼、油条吗？ 首选当然是台北市朝代饭店斜对面的那家店铺。 欧梵是北方人，从小吃到大，当然懂得分优劣；我是广东人，早餐少喝豆浆，以白粥代之。 油条也有人吃，但有更多的人吃白米粉蒸的肠粉。 这是我小时候的早餐，但三十年后的今天，饮食文化风尚不断改变，年轻人的早餐已变了花样儿，他们改到茶餐厅吃着半中不西的早点，什么火腿煎双蛋、火腿肉通心粉配咖啡或奶茶，也有人干脆跑到麦当劳吃美式早餐。 这是香港早餐的转变，我想台湾大概也起了很大的变化吧？

　　欧梵爱吃的烧饼油条配以咸豆浆，想是几十年的老口味，他去国四十年，在美国当然吃不着这东西，只能偶尔在返台的日子品尝一下。 童年时代的食物最能牵动人感情的味蕾，更何况这几样食物是他父亲在世时每天早晨必吃的东西。 他告诉我，以前每次回到台北的第一件事，就是到他家附近街口吃烧饼油条，喝咸豆浆。 现在父亲已作古，吃烧饼油条也令他忆起他的童年往事。

　　就是为了吃这几样食物，我们每次回台北市停留，总选择住在朝代饭店，可以就近到斜对面的豆浆店吃早点。 直至去年我负责在香港订酒店，才换了更舒适的福华饭店。 福华饭店什么都好，就是离豆浆店较远。 我们早上起来，欧梵赶着去开会，早点只好在饭店吃。 两天的会议完结了，他再也耐不住，非要到豆浆店去不可。 从仁爱路跑到复兴南路那头，颇有一段路要走哩！ 七月初的台北市，天气已经热得很。 我的体质属火，火气重，走了几十步已经汗流浃背，苦不堪言。 欧梵想着美味的烧饼油条，虽然流着汗，远远望见豆浆店的招牌，确有望梅止渴之效。 我想到那店纵有空调却仍然是热气迫人的，何况我不大爱吃烧饼油条和咸豆浆，想着想着脚步就慢下来了。 忽然看见路上有一间面包店，有各式面包糕饼及咖啡供应，只需一百元新台币。 从外面往里边看，除了店员之外，并没有其他顾客，还有空调设备。 我立时做了决定，让欧梵独个儿去吃他的东西，我就在这个中途站吃面包喝咖啡，这就可以各得其所了。

　　我在店里吃面包喝咖啡，等着他回来，左等右等足有大半个小时，他终于出现了，满头大汗之余，仍喊着值得走上这段路——只为尝到他日思夜想的烧饼油条咸豆浆。　他仿佛又回到童年的时光里，快乐得像一个小孩子，兴奋地告诉我："烧饼香，油条脆，必须合在一起吃，一口咬下去感到又酥又脆，加上甘香的咸豆浆，简直是绝配，三者缺一不可。"虽然我知道这三样东西并不适合他多吃，却不忍心阻止他继续找寻童年的回忆。　他已经是个六十岁的人了，得着快乐比什么都重要，谁有权力去阻止别人获得快乐呢？

莲藕情意长，红豆最相思

　　2002年的冬至前夜，我们家高朋满座，玩至深夜始散，文正就留在我们家过夜。这天是节日，打算晚上做几样菜来庆祝冬至。广东人认为过冬比过年还要隆重，我们今年既然要在香港过平常日子，就得遵守这个习俗。我从来不曾单独过冬，纵然和文正分了居，到了过年过节的时候，都是凑合着一起过，反正他也是单身一人。之后欧梵和我成了一对夫妻，文正恢复了做我表哥的身份，在未找到表嫂之前，他大概都很乐意和我们共度节日吧!

那天早上我们三人一起到西环的士美菲路街市三楼吃早点，吃过早点后到街市买菜。 平常的日子只有欧梵陪伴，现在多了一个帮手，我可以多买点东西，他们各自背了一个布袋，预备盛载东西之用。 他们在后面走，我在前面领着，当时我有种奇特的感觉：为什么人到中年才可以跟两个男人相处得如此和谐，而不是在二十年前呢？ 不然的话，我跟文正也不至于离婚。 是我性格起了变化抑或是他改变了？ 我想两者都是有的。 年轻时，我们都自以为是，他企图改变我，我以为自己愿意为他而改变自我，其实自我是没法改变的，改的也只是表面而已，内心深处仍是原来的真我。 他感到我没有改变而灰心失望，我觉得自我扭曲了而心有不平。 日子久了，彼此找不到沟通的渠道，对大家的过失，变得讳莫如深，最后连日常的普通交谈，我都显得不耐烦而气急败坏起来。 他对于我这种态度自有不满之处，却不和我直说，直至忍无可忍才一发不可收拾。 这是谁之过？ 似乎难有定论，只可归咎于性格不合吧!

离婚后为什么又可以和谐相处呢？ 我想可能是没有婚姻关系就不再有期望及要求，因紧张的关系而产生的压力自然消失于无形之中。 其实欧梵和我同是急性子，是很容易产生矛盾的。 在我们相处的过程中，有几次我因为急躁而提高了声浪，令他察觉我语气中的不耐烦，我实时就能反省过来，向他道歉；有时他表示对我有点不满，也从来不把怒气埋在心里，所以我们的沟通是畅通无阻的。 还有，他接受了我性格上的缺点，我也接受了他的。 如果我们的性格互相有所改变的话，都是出于自愿的，而不是硬迫着自己改变而迎合对方的要求。

现在我们三人的相处之道是自然而舒坦的，不执着，不作无谓的要求，彼此付出关怀及爱心，正如欧梵给文正的信中有这么一段："将来我打算移居香港，至少也会常来香港，我们见面机会也会很多。也许，我们三人本是一家，以后也真可以变成另一种现代式的家：你和玉莹有家在先，我和她成家在后，我们都希望玉莹快快乐乐地过一辈子。"这封信是欧梵和我相好一个月之后写的。当时看来是言之尚早，现在却真正做到了，而且比想象中还要更好。欧梵时常说："你是个最幸福的女人，前夫和丈夫都疼爱你。"我确实也感到很满足，上天对我也真不薄。

那天我们三人在市场内来回走动，买了很多东西，来到平日熟稔的菜摊前，菜贩跟我说："今天多了两个帮手，可以多买点东西了！"是呀！可以多买点东西，心情好，多做点好吃的。记得外婆在世时，每逢过冬都一定杀鸡，鸡是白切的，先供奉祖先，后祭我们的"五脏庙"；汤也煮一锅，一定是莲藕猪肉红豆鳢鱼汤。我曾经问她，为什么总是莲藕汤？外婆说："莲藕丝长，喝了寿绵长。"

今日当我煮这个汤却另有一番意义，俗语谓："藕断丝连。"我跟文正是离婚了，但我们之间的亲戚关系仍在，如今他恢复表哥的身份，我们之间有情义的藕丝连在一起。至于红豆呢？唐诗有云："红豆生南国，春来发几枝。愿君多采撷，此物最相思。"红豆又名相思子，我跟欧梵是相思倾慕的爱情。我们三人喝着这道汤，心中特别感到温暖，愉快地度过冬至。

左宗棠鸡
——不是广东菜的广东菜

去年我们住在香港有一年之久，欧梵在香港大学做客座教授，我在工余之际又重作冯妇，很多个周末的晚上，都在家宴请朋友，尤其是单身的"太空人"。 我煮菜素来喜欢做新尝试，但做出来的菜式花样变化多端，往往有点不切实际。

有一天我约了一位股票经纪吃午饭，她平日帮忙处理我的股票买卖，我们成了好朋友。 在我们一个多小时的谈话中，没有涉及股票而更多谈到的是烹饪。 她谈煮菜心得，近乎达到职业水平，我当然趁机讨教，请她传授三两样小菜的做法。 于是她教我如何做左宗棠鸡。 我懂得做鸡的方法很多，少说也有十几种，但以人名来命名的菜式却很少听闻，我知道的只有东坡肉，仅此而已。左宗棠是清朝大臣，我只知道他精于练兵，未闻他懂得做菜。 莫非左宗棠爱饮竹叶青酒故而得名？ 煮这道菜要用大量的竹叶青来调味，故烧出来的鸡肉既香又嫩滑。 大量的姜葱作材料也发挥一定的香味，酱油(老抽)把鸡肉熏得油黑亮丽，叫人看见就足以垂涎三尺，啖之更是停不了口。

我既学会做左宗棠鸡，就要找机会大显身手。 我们的好友张错夫妇刚好在香港城市大学做客座访问教授，趁着他们返美在即，正好围坐吃顿送行饭，我主动请缨亲自下厨做菜。 那天来的客人大约有六位：例必列席的邱立本、陈婉莹之外，还有马家辉夫妇等。 除了欧梵，其余的客人都是广东人，吃广东菜是理所当然的。 我自从跟欧梵结婚以来，烧的菜有些变了样——变得不南不北、不中不西。 每次回到香港下厨，非要立下宗旨才可做出纯正的广东菜来。 在美国的超市难得买到中国菜的材料，才只好"见机行事"，冰箱里有什么就做什么，久而久之，菜式成了不中不西的。 欧梵不挑嘴，我也就顺利过关了。

我们居住的香港大学教授宿舍，靠近西环街市，星期日的早上，我们一定下山买菜，购备一个星期的粮食。 市场是两层的大房子：第一层售卖的是肉类及鱼类，第二层才是蔬菜杂货类。 记得我第一次进入那街市，仿佛刘姥姥进入大观园，看见任何东西都感到惊奇。 在第一层的肉类市场，除却鸡、鸭、鹅之外还有各种有翅膀的飞禽，例如鸽子、鹌鹑、鹧鸪；有脚的走兽如兔子、果子狸，它们都被关在铁笼子里，不时发出凄苦的哀鸣，绝望地等待着随时而至的杀机；多种色彩的大小鱼儿在混浊的水箱中，既不自由又不自在地游着；虾儿在浅水中跳跃着，螃蟹被水草捆绑起来困在竹笼里；田蛙在笼子里咯咯地叫着，仿佛在哀求着鱼贩不要把它们剥皮拆骨；鳝鱼的身子被斩成几段了，鲜血默默地从血管中流出来，而每截的身子却来回地蠕动着，看得人心惊胆战；一只只的猪、牛、羊早被宰杀掉，四肢、内脏零零散散地吊挂起来。我像进入了动物屠杀场，有种恶心的感觉，初时想买又不忍心买，但多进出几次之后，知觉会稍微麻木一点，却还不敢买活鸡、活鱼、活虾、活螃蟹回家宰杀，更避免买田蛙及鳝鱼，它们那种死而不僵的特性，准能把我的胆儿吓破。

踏脚进入街市第二层的大门，即看见一个宽大的水果摊。水果种类繁多，大约有十多二十种，色泽鲜艳，五彩缤纷，形状圆方长扁，大小不一。它们来自世界各地，不约而同地跑到香港这块弹丸之地来争妍斗丽，好不热闹，叫人目不暇接。蔬菜摊位比水果的多，蔬菜种类形形色色，有来自美国的芹菜、胡萝卜、西兰花、白蘑菇，新西兰的马铃薯及洋葱，日本的牛蒡子、紫粟米、金针菜，澳大利亚的西红柿、红葱头，意大利的红灯笼辣椒、茄子，还有从内地各省份运来的蔬菜，真是不胜枚举。杂货档的货品更是琳琅满目，应有尽有，许多叫不出名字的东西都赫然摆放在当眼处，我看着都想买回家去，仔细研究清楚它们是什么东西，味道又是如何。每次来到这儿，脑筋都迷糊了，买来的东西，盛满两个大布袋，背在肩上沉得几乎提不起脚步走路。虽然如此，我仍然乐此不疲，每周周末到西环街市买大批蔬菜及肉类，然后邀请好友来家吃饭。

那天我做的主菜是左宗棠鸡，却忘记了确定它是否是广东菜。左宗棠是湖南人，他发明的菜大概不会是广东口味吧。 但我的广东友人都大赞好吃，可能是吃了多种广东菜后，左宗棠鸡也变成广东菜了。

酸话梅排骨好滋味

从未想过酸话梅可以入馔。

广东菜有梅子排骨，梅子是酸梅子，连同黄豆泥捣和在一起蒸排骨，味道略带酸甜味，很可以开胃口。 年少时，喜吃酸味，如话梅、甘草酸橄榄、新鲜李子，时常装满一口袋，上课时含在口里。 有次在背书前，怕被老师发现，来不及吐出核子，硬着心把它吞进肚子里，累得自己平白担心了好几天——外婆说核子吞进肚子里，日后会在头顶长出植物来。 李子肉脆但却酸得很，牙齿都酸得软了，我就是喜欢这种酸的感觉。 人到中年之后，患了牙周病，牙龈受不起一点儿酸味；别人认为不显酸味的橘子，我却觉得太酸；他们觉得甜腻了，我才觉得还可以，在我吃来没有很甜的水果。 说来真是悲哀，年纪越老大，酸的感觉越强烈，我再也吃不下酸话梅了。 有天在零食店买了一包酸话梅，明知不会吃，却是因着怀旧的心情而买。

酸话梅买了回家，放在橱柜中有一段日子。 有次给欧梵看见了，他央我给他一颗来吃，我顺着他意，随手给他一颗，但顾忌他有糖尿病，也不好多吃腌制的食物。 当时灵机一动，想到可以用作煮菜，但用来做何种菜的调味料，一时没有想清楚。

如是者又过了一个月，在香港待了一年，又是时候回美国去了。临走前的星期天，我打算清理冰箱的食物，为文正预备一些饭菜。冰箱里有鸡肉、猪排骨、牛肉等，做个左宗棠鸡、五香牛肉很省事，排骨又可以做什么菜呢？ 忽然记起酸话梅，就做个酸话梅排骨吧！

排骨先斩开丁方的一块，在热开水中烫一下；蒜一粒，姜两片，切好备用。 调味料不过是平常的几样：老抽、绍兴酒、麻油少许、砂糖一小匙。 待锅烧红后，倒入烫过水的排骨，混入姜蒜炒五分钟，渐次加入调味料、酸话梅和少许糖，慢火炆煮三十分钟，即成一道滋味十足的菜肴。 煮好后，我来不及试食，文正就来拎走了。 我们走前一天又跟他吃饭，他见着我即竖起大拇指夸我的新菜式味道顶呱呱。

我返美之后，也依样画葫芦地做这道菜。 但一时技痒，在煮排骨的锅中多放了一小匙镇江香醋，煮出来的味道竟然十分可口，轻度酸甜中兼有醋的香味，有如一个长得艳如桃李的姑娘，鬓上别了一朵茶花，把俏脸映得更美了。

素净心境吃素乐

　　欧梵是个肉食主义者，平日无肉不欢。 我要他跟我吃素不是件易事，煮的素菜要十分好吃，才能令他忘记肉的好味道。 所以我的素食法很讲究，既要色美，更少不得营养，两者兼备，一定要多花心思和工夫。

　　我妈妈在去世前八年都是吃全素的，她曾经有段时间患了高尿酸血症，遵医生吩咐少吃豆类和菇菌类，她从此不敢再吃这两类食物。 对于吃全素的人，如不吃豆类及菇菌类，植物蛋白的养分从何而来？　我劝她多喝牛奶，多吃蛋类，但为了宗教理由，她拒绝了。　我只好给她买维生素补充剂，但她认为养分应直接从食物中吸收，故此，维生素也不要服用了。　过了两年，她的癌症复发了，从乳房传到骨骼，我估量是她的营养不够，令免疫力降低而再次生病。　所以吃全素的人，首先须注意饮食营养的均衡：　蔬菜颜色要齐全，水果须吃不同种类，豆类、菇菌类、海藻类更不可少，米饭也得选用多种谷类的，即使是五谷至十谷又何妨？

在家吃素转眼已有两年了，这期间我绞尽了脑汁，炮制各款素菜给欧梵吃，从此他越来越喜欢吃我煮的无肉菜肴。　从实践的经验中，我渐渐找到一条煮素菜的路向。　以往，总以为有肉香才有"菜香"，其实，每样蔬菜本身都有它的独特味道，不放入盐巴烹煮，更可以突显出它原有的香味；只要配合适当的作料，味道就十分可口了。

丈夫吃了我的素菜，常说："老婆，吃了你做的素菜真是浑身舒畅，也不常感到饥饿了。"他以前偏爱吃肉，越吃越多，过不了多久又嚷着肚子饿了。　他说："我小时候逃难没肉吃，妈说我是饿死鬼投胎的。"又说："老婆，你前世是我的妈，早死了，没好好照顾我，今世来补偿，给我烧好吃的。"

每回到超市买菜开始，我眼睛享受着色彩缤纷的刺激。　除了蔬菜，还有各种颜色各异、形状不一的水果，煞是好看，有酒红色的莲雾、橘黄椭圆的枇杷果、黄绿双色的五角形阳桃、橙黄鲜黄红青色的灯笼椒、青橙两色相染的南瓜等。　先不论它们的味道，单看颜色和形状已满足视觉之娱。　不只如此，待我把它们摆放在一起，成了一盘菜肴，就好像画成了一幅色香味俱全的图画。 我常常觉得做菜就是作画，可以随意配色，只是多了酸甜苦辣咸的味道而不是只有油彩的气味。 我愿意把这些素菜的食谱呈现在读者面前，你们可当作一幅幅的图画来欣赏，好吗？

凉瓜、红椒、黄椒、大芥菜——大烂煮

调豉酱料：蒜粒少许、干黄豆一汤匙、盐少许。 凉瓜先以盐去苦味，油起锅加干豆及蒜粒，依次加凉瓜、红黄椒及大芥菜，放水半杯与盐烂煮二十分钟即可。

全咸鸡蛋蛋白拌软豆腐

这道菜还可以加入姜丝、九层塔丝相辉映，然后加盐又加醋。至于如何炮制则是各施各法了，只需要两只咸鸡蛋的蛋白。 不想吸收太多胆固醇，但咸蛋味道实在太好了，令人无法拒绝，于是正好为淡而无味的豆腐添味道，这个搭配大概没有人反对吧？

冬笋、栗子、冬菇、云耳一锅烧

没有鸡肉的栗子煲一样很好吃，秘诀是加些蚝油酱及绍兴酒作调味料，当然少不了一些黄糖，只需一小片，如果心血来潮也可加点醋，味道会更好。

洋葱、青红椒炒咸菜丝

咸酸菜切丝，配上洋葱和青、红椒，又有滋味颜色又醒目，最后加入韭菜，但切记炒韭菜只能至半熟。 从少年时代开始就听外祖母

说："煮菜秘诀只有一条： 生姜、熟蒜、半熟韭菜。"我想道理很简单，韭菜太熟会失去特有的味道，而且枯黄的菜色会令人倒胃口。

鲜百合炒蜜糖豆

白胖的百合瓣混着青脆清甜的豆，如果再加上黑色的木耳和金黄色的金针菜干，最后在盘边摆上一圈甘笋片，不难成为一道五彩悦目的菜肴。 当然要炮制得味道适中，就得考考心思了。 酒料我是一定会洒上的，盐巴也不可或缺，其他调味料就请各人自选吧。

青青白白芦蒿菜

这道菜我选了芦蒿，这是很特别的一种菜，因为它在香港是买不到的，我想是上海的特产。 我偶然在南货店看到就拎了两袋回家，初时不晓得如何炮制，但见它有独特的香味，就配合一些味道较淡的材料例如冬笋片、金针菇、蛋白，煎好切丝。 哟！ 好青好白的一道菜，我称之为青青白白的滋味，最后我随意浇一汤匙的米醋进去，就更美味可口了。

南乳炒津白

津白是上海人的称法，在香港我们称之为黄芽白，台湾人则叫它为大白菜。 这是欧梵最爱吃又最常做的菜——指的是我未跟他结婚，而他还是"王老五"之时。 那时他必须自煮自吃，为了节省时间，往往选最省事的菜——他认为大白菜是包心菜的一种，很容易洗净，用水一冲就大刀切下，抛到锅里即可。 至于我呢，比他洗得仔细，通常是掀开一片片来冲洗，然后几片叠在一起切开。 黄芽白这东西，性寒凉，多吃会咳，这是我外祖母的经验，她有哮喘病而且体质虚寒，每次吃过它，夜里就咳个不停，很灵验，我叫它作"咳菜"。 奈何它的味道特别鲜甜，叫人不忍不吃，后来我发现有一种小东西可以治它，就是切几片姜起锅，再加黄芽白炒，既可辟除寒气也增加鲜味；配上香菇、野生竹荪、粉丝，加半杯高汤煮十分钟，就成了一盘绝好斋菜。 有时候不用高汤，换上一大块南乳作调味料也有不同的效果，而且色与味都不一样了，颜色是红糟色染满黄白色的，味道则多了一种类似豆腐乳的香味，想必你们都会喜欢的。

咖喱汁煮蔬果

若要说到色香味俱全的素菜，莫过于这道咖喱汁煮蔬果，单以颜色算来就有好几种色彩了。 黄色的香蕉、青绿的苹果、金黄色的玉米粒、鲜红的西红柿，还有浅褐色的麻粒菇菌，这么多的菜共煮一炉，看起来能不漂亮吗？ 要闻起来更是味香，上盘之前再加一大汤匙的椰汁，自然香气诱人，令人垂涎三尺。 记得用日本咖喱砖，比较香甜，更可省却饭后甜品。

五色五味伴蚕豆

毛豆好吃，但蚕豆更好吃，尤其是去了皮的蚕豆特别清香嫩口，如果加一点切得细碎的雪菜会令豆味更浓。 只有这两样蔬菜炒在一起略嫌单调了，我喜欢给它们多找几个伴，什么荸荠啦，姬茸菇干粒粒啦，更可以配上萝卜干，为什么选它？ 因为它爽脆有味，再加入木耳——多几双耳朵听听热闹，不是很好吗？ 唔！ 够了，已经有了五色五味的蔬菜，看来营养也充足了。

甜南瓜绝配昆布

两年多前我们到上海游玩，欧梵应王安忆之邀到作家协会演讲。演讲结束后，有听众提问题，其中一位老人家向他介绍吃南瓜的益处。他大概说了这样的一段话："李教授，谢谢你对我们上海的关心。我知道你患有糖尿病，受到太太的管束，不准多吃东西，更遑论吃糖了：南瓜虽带甜味，但这种糖分是不碍事的，而且对治糖尿病很有效果。我是个中医，就以此来报答你对上海的关怀吧。"有了这专业意见，我从此多用南瓜做菜。南瓜味甜，我想以淡味的作料来吸收它的味道。昆布是海藻类食物，平日难得吃到，但我们的身体又需要它，才不致缺碘。略显腥味的昆布和南瓜正好是天生的一对：一放一吸，绝对适合。若家里有咸蛋和煮好的黄豆，混在一起煮就更理想了。不过要记住，以蒜粒及一小匙豆瓣酱起锅，才是最佳的做法。

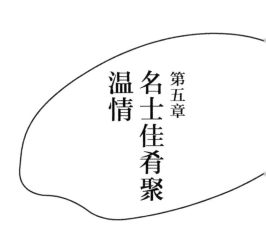

第五章

名士佳肴聚

温情

心灵鸡汤忆难忘
——聂华苓女士

在 2001 年 2 月之前，我从未见过聂华苓女士，却闻说她的清炖鸡汤很好喝。 这是欧梵告诉我的，就是这碗清炖鸡汤，温暖了他那单身汉的心灵，使他日后成为她家的女婿。 但多年之后，他已不再是爱荷华写作班的女婿了，但仍然领着他的新婚妻子，到昔日的岳母家探访，希望再有机会喝她亲手做的鸡汤，重温往日的亲情。

　　到达爱荷华的那一天是严寒冬日的黄昏，女主人想得周到，雇了出租房车到机场接我们。沿途所经之处阡陌连绵，农庄户户，炊烟四起。进得城来，经过几条大街，再转入一段羊肠山路，即到达"安寓"，亦即"鹿园"——已故诗人保罗·安格尔及他的遗孀女作家聂华苓的家。甫开车门，即听见几声清朗的笑声从门口传出。随即见到一位满面笑容而神态优雅的老太太倚门而立，她就是我久闻其名的聂华苓。

　　入屋后，欧梵领我到屋子里参观。我们站在保罗生前的书房里，他告诉我，他还是爱荷华的女婿时，每次到来例必睡在这书房，这儿能给予他无穷的写作灵感。及至诗人殁后，这里仍充满了诗人"气息"，与他神交不绝。来到二楼客厅，墙上挂着不下十几具各式京剧面谱，五彩十色，很是好看。饭前我们在客厅围炉而坐，说着闲话，啜着清茶，炉火影绰地照在华苓那温柔的脸庞上，可以想象得到有无数的美妙生活片段仍留在她的记忆中。华苓和欧梵聊着，我静心地听，犹如亲身参与了无数次热闹的"爱荷华周末"聚会。欧梵忽然冒出一句："我现在仍感觉到保罗在我们当中听着笑着哩！"我心中顿时增加了一层温馨的感觉。

　　然后我们到饭厅去吃一顿名副其实的晚餐。那时是晚上八时多，那顿晚餐很丰富，除了鲑鱼外，还有炒青菜，更有味道鲜美的清炖鸡汤。这道鸡汤是用有机农场的鸡熬成的。据华苓说，她每年在有机农场买来大批已洗净的新鲜鸡，存放在冰库中，炖汤时解冻再煮。她所有食用的东西都是有机物质，对健康较好，价钱当然稍高。她的清鸡汤可以下面，也可以作为汤水饮用，那天我们是和着面一起吃的，加上葱粒更是清香十足。欧梵喝着汤，禁不住又想起以前跟保罗·安格尔谈诗论道的美好时光。

多年前我读了一本名叫《心灵鸡汤》的书，从中得着很多温馨睿智的句子，确能滋润我干涸的心灵。近年年纪逐渐老大，更加着重口腹的滋补，尤其是欧梵，他最爱喝我煮的广东补汤。在波士顿生活，日子悠闲，我从书中学到一味蒜头鸡汤，既健康又可口。蒜头既可降胆固醇、强化血管，又可增加身体免疫能力，对于更年期综合征有显著疗效。有这么一大堆的好处，我何妨学着煮？我已不是新嫁娘，更何况我又谙夫食性，于是说煮就煮，每星期做两顿（两锅）鸡汤，分成七天喝。我煮鸡汤多用已去皮的鸡胸肉，熬出来的汤脂肪少；三个蒜头，压扁去皮，最好先在热锅中烘一下，然后放入已煮好的鸡汤中再煮二十分钟。喝汤并吃下蒜头是最好的吃法。蒜头混在汤里煮熟，一点儿也不刺口，对胃部也没有不良的刺激。据说在中国北方的人，由于平日多吃蒜头及大葱，得胃癌的机会较诸其他地区的为少。

但特此声明一下，蒜头吃多了，肠胃的气会稍多，屁也跟着多起来了，有时颇有不胜其烦之感。

可敬可爱的黄苗子

　　遇见黄苗子老师是去年的事。 有一天郑培凯教授的秘书来电，问我们是否有空到城大的中国文化中心和黄老师会面。 我兴奋地跟欧梵传话说："老公，黄永玉来了！ 培凯请我俩吃晚饭，饭前先和黄老谈天，你有空去吗？"欧梵答说："我以前也见过黄老，况且你又喜欢他的画作，我们抽空去吧。"就这样，我们高高兴兴地带着《黄永玉八十艺展》画册去见黄永玉先生了。

到了文化中心的门口，远远看见一排大沙发坐满了人，其中有一位红光满脸，笑意盈盈的长者朝着在座各人莞尔而笑，侃侃而谈。培凯转过身来跟我们打招呼，他身旁的儒雅老者，大概就是黄永玉吧？ 转念之间，似乎又觉得不太像，但听见欧梵说："黄先生，我们以前见过面了。"虽然黄老似乎在说，"久仰李先生的名，也常读你的文章，只是未见过面而已"，但我当时没有仔细想度，急忙中递上画册请他题字。 黄老先生慢条斯理地拿起我的画册，满脸笑容地点头称好。 身旁的郑教授反而面有难色地看着我微笑。 当我大感不解的时候，却听见黄老先生说："啊，你有永玉这画册，很好，很好，我愿意为你写点东西。"我才恍然大悟，原来这位慈祥长者是黄苗子而非黄永玉。 我和欧梵也真够糊涂，怎可误把冯京当作马凉呢？

事已至此，我们只好垂手恭立在黄老座边，静候他的题字。 没多久，他在朱红色的画册首页上写了几行字："与永玉兄多年在一起，他的作品是了不起的；我作为永玉的朋友，面对他的创作，只有羡慕，不能追赶。"我羞涩地收下这画册，欧梵说："如果不是我们弄错了，反而拿不到这么一段题字呢！"我心想："黄先生真是达观的人，他不单没生我的气，反而给我题字，足见他的修养已臻化境。"

大家坐定之后，话匣子打开，黄老先生能言善道，说到他少年时代在香港的生活，更是趣味盎然。

对于八九十年前的香江岁月，浮光掠影，在座中有谁经历过呢？ 我们即使只有听的份儿，但觉得经他口说出的也饶有趣意。 我禁不住跟着他的口述历史，试图重整昔日香港的人情风貌，但没有亲身经历的人与事，想来总是隔了一层，况且他说的港岛更是我不熟悉的地区。 从上世纪 60 年代开始，我一直住在九龙，对于港岛是没法想象得来。 据说旧有的殖民统治时期的建筑都拆掉了，中环剩下的就只有那么几幢楼房了。 黄老先生提到的华人行屋顶一层原有许多饮茶的地方，还挂了多副对联，他实时吟哦了一对，寓意创新极了。 他老先生竟然能一字不漏地背给我们听，令我们惊叹不已。 他的记忆力也真够好，九十四岁的人了，仍然目明耳聪，脸上皮肤光滑细致，没有一点皱纹，兼且声若洪钟，叫我们这班未老先衰的后辈汗颜不已。

　　最后，我忍不住问了他一个问题，这是个老掉大牙的问题："黄先生，你的养生之道是什么？"他笑着摇头说："说不上有什么养生之道，我有三不做之事： 一不锻炼身体；二不吃瘦肉，专吃肥肉；三不抽烟。 如此而已。"欧梵听后，哈哈大笑，连忙举手赞成黄先生的睿智行为，可以吃肥肉而活得长寿，谁个不羡慕？

　　一个广东人住在北京多年，会怀念广东菜吗？ 黄老先生说："小时候，祖母常给我吃一种咸虾酱炆五花腩肉，好吃极了，祖母把猪肉储在陶罐里，随时给我尝一口，我至今仍念念不忘。"

　　到了吃饭的时候，当然没有预备这道菜，有的是冷盘乳猪拼海蜇皮。 我说："黄老先生，这儿只有乳猪却没有咸虾猪肉；纵然有，大概你还是觉得比不上你儿时吃的味道好吧？"他说："没关系，我什么都爱吃。"他的健康和长寿就是因为这种随和豁达的性格吧。 他还告诉我，几十年如一日从未间断地练书法，偌大的一个字，够费劲的，这就是练气功呀，他说。 啊！ 到这时候我才恍然大悟，他的长寿秘诀就在于此。 在回家路上，我跟欧梵说："老公，日后你退休了，不妨也练练书法，对你身体大有裨益。"他唯唯诺诺地漫应着我，我知道他很难静下心来习书法的，他的脑袋转得太快了，可是，他为了活得健康，也有可能愿意依从我的提议，谁说没有可能呢？

　　那一夜，我睡得很好，梦里还见着黄苗子老先生。他那和蔼可亲的态度依然，和我说着话，我搭着他的膀臂拍照，说："黄先生，我很喜欢拜读你和尊夫人郁风的文章，真是人如其文呢！"在笑语声中醒过来，心下仍然是欢畅的。

　　过了两个星期，欧梵带回一叠相片，果然有一张是我搭着老先生膀臂照的，我们都显得很开心。祝愿黄老先生长命百岁，继续写好文章供我们欣赏。

大侠金庸

　　我想镛记是金庸先生的至爱饭店，不知是否与"镛"字左右拆开就是金庸的名字有关？想深一层，这可能只是巧合而已，镛记的菜式著名是人尽皆知的，正如金庸先生的文名一样。

　　打从我懂事开始，我就已经知道有金庸的武侠小说了。但到了中学四年级，我才读《神雕侠侣》，还有《射雕英雄传》，是我不爱读武侠小说吗？非也，只是学校功课太忙了。抽不出时间看课外书,更大的原因是:我以为女孩子是不会喜欢看武侠小说的。谁知道这是极之错误的观念。事实上,自我读了第一本《神雕侠侣》之后,即被里面的情节和文笔吸引住了,在往后的几年里,我一本接着一本地细读下去,直至把金庸的所有作品都念完一遍了。

我第一次遇见金庸先生是在一个文化聚会上,我特别走上前跟他打招呼。当时的心情就像小读者看见心仪的作家般,既兴奋又紧张。我们寒暄了几句,我当时问了他一个问题:"查先生,你笔下的女主角,你最喜欢的是哪一位呢?"他想了一会儿,然后微笑地说:"我想是黄蓉吧,对了,我知道你也善于烹调,让你来当个黄蓉如何?"我登时感到脸儿红热,心想:"我哪里及得上黄蓉的聪慧和样貌?只因需要而胡乱烹煮食物而已。"由于那次会面,结下了日后的多次重聚之缘,而绝大多数重聚的场合都在镛记。

在镛记尝过的名菜多不胜数,但见过的嘉宾却令人印象深刻。我们在席间言笑晏晏,最有趣的一次,席上某人提到欧梵最近脸色红润,精神清爽,究竟做了些什么呢?欧梵得意地回答:"这是我们在家练功很勤之故,老婆你来给他们介绍一下。"我说:"查先生,你在小说里所说的'打通奇经百脉',就是我们现在所做的穴位按摩功法要诀所在了。我们每天从头到脚自我点按穴位,让全身血液流通,精神和身体自然健康了。"我边说边做示范,在座的文化界名人也不期然地把手放在头顶按百会穴,当中以查夫人最认真,查先生却没有动手。查夫人说:"我学识了,回家替他做可以吗?"足见她对查先生关怀备至。

过了些日子,查先生请客,地点又是镛记自不待言。我们吃了什么菜肴不需详说了,我只记得每次在那儿吃饭倒没有吃到驰名的镛记烧鹅，皮蛋酸姜反而吃了好几次。主人不点烧鹅，大概认为这道菜太稀松平常了，所以我们吃的菜俱是蛮有特色的，在别的餐馆没法吃得到。除了菜式特别之外，我们的话题也十分特别，充满了对人文的关怀，事缘十几位嘉宾大都是文化界和学术界中人。

有一回，我和欧梵坐在金庸先生旁边，少不免聊到他的武侠小说。依稀记得他问了我一个问题："我的小说人物里，你最喜欢哪位男士？"我不假思索地答说："当然是杨过喽！他智仁勇兼备，更加上浪漫多情，并非一般的侠士可比。"其实我喜欢杨过并不是偶然的，许多读者都喜欢郭靖，我就跟别人不一样。郭靖被称为大侠，是他处处表现出一副仁厚君子的模样；我却认为他太迂腐了，处事不够弹性，为了道德之名而墨守成规，显得有点妇人之仁，比诸杨过之多情，更是相形见绌了。幸亏他有了机灵的黄蓉，才可成其大业。试问谁个女人不羡慕小龙女？查先生一个简单的问题，令我想得这么多，他大概不知道吧。人皆称金庸为金大侠，不知是否以他来比郭靖？若是，那我对郭靖的批评岂不是得罪了查先生？我在此致歉了。

每次在镛记吃饭，几乎都跟一位何先生有关联。何先生是潘耀明的好朋友，他既支持文化事业，也好结交文人，时常掏腰包请客，酒足饭饱之余，更拿出自己珍藏的百年老普洱茶以款待嘉宾。

说到茗茶，我和欧梵是门外汉，对于何先生亲自冲泡的老茶，初时我们可算是"牛嚼牡丹花"：吃了几次后，才慢慢吃出兴味来。茶入口醇厚，从喉头徐徐咽下，茶水好像轻轻地抚摩着喉咙细胞，最重要的是普洱安神益胃，正适合我这个不敢夜里喝茶的人。茶进入胃里，刚吃下的肉食之肥腻感觉顿消，夜里也睡得极好了。

几万元买来一顿好眠，谁能说不贵呢？

夏志清先生印象记

　　多年前见过夏志清先生一次，给我留下很深的印象。 追溯到我念大学的时期，我曾拜读过他的两部文学批评巨著，经他的介绍，我开始接触很多现代文学作家的小说，尤其是张爱玲的作品，经他品评之后，我更是一读再读以至三读。 还有姜贵的小说也被他评说得非看不可，当然还有其他古典小说的阅读兴趣也是被他引发出来的。 这样说来，夏先生可算是我的文学导师，所以第一次见着他倒有种像小影迷遇上了偶像的心情。

　　我们那次是在郭松棻和李渝夫妇家做客，整顿饭绝大部分时间都谈到欧梵和我在芝加哥的缘分。夏先生妙语如珠，最惊人的几句话好像是："欧梵，你在玉莹家搭伙五年，干吗要等到十多年之后才结合？如果是我，早已把她的丈夫谋杀掉，夺得美人归了。"这虽然是句戏言，却可见他是个心直口快的人，都八十岁了，脑筋仍然灵活得很，想到就溜出嘴来，连他自己也赶不上。那天我也拍了几张照片，大家看来都漂亮整齐，其中一帧是我单独和夏先生合照的。这次我见着他，他往我脸上端详了半刻说："玉莹，怎么你把头发剪短了，又架上无边眼镜，人显得老气了。"当然喽！我们一晃就五年不见，俗语有云："十年人事几番新。"五年也该翻了个半新吧？何况当中我度过了一次严重的抑郁症复发期，看来只有夏先生永远是童心未泯的。

　　这次我们又见面了，是王德威教授请的客，在曼克顿的山王饭店。听说这是夏先生最喜欢的饭馆，他时常在那儿请客，但今次请客的主人是王教授。我们围了一桌人吃饭，席上除了主人之外，就是夏先生夫妇、施叔青女士、季进和我们。席上还是由夏先生当主角，他对任何议题均有独特的见解。他尤其反对别人信宗教，认为宗教是骗人的把戏，好好的一个人信了宗教却迷信起来，行径显得怪诞起来了。夏先生特别偏爱女性，在他口中每个女人都是美女，他愿意为她们效犬马之劳。所以凡跟夏先生见过面的女人都被他称赞得自信心倍增，回家后忍不住揽镜自照，再仔细研究一下自己的容貌，是否真的如此姣美无缺？甚至会抱怨丈夫说："夏先生都称我为美女，为什么你就总不肯开金口赞我两句话呢？"其他男人就是比不上夏先生的慷慨大度，愿意多称赞女性。

　　夏先生最懂得欣赏自己，一顿饭的时间，他谈笑风生之余，还不忘跟我们说："普天下有见过如我一般聪明的老年人吗？"我们各人只是面面相觑，大声哄笑起来。别人怎么想我不知道，我个人倒十分佩服他的机灵聪敏，八十多岁的人了，脑筋仍然灵活过人，也真不简单啊。又过了一阵，他忽然又冒出一句："苏州人没有比我更聪明、更可爱的吧？"我想他的话至少说对了一半，在我认识的非苏州人里面，几乎也没有人像他这样率直可爱，而且懂得自我欣赏，唯其这样才会不吝啬称赞女人吧。心理学家常说：懂得自我欣赏的人，才晓得称赞别人。我想这句话不无道理。

山王饭店的菜肴固然美味可口，但有了夏先生这位常年食客更令饭馆的气氛生色不少。山王这名字，似乎特地为他而起的，广东俗话说某人在那儿当了山寨王什么的，意思就是人杰地灵。那么我为什么可以把它说成人杰地灵呢？山王饭馆来了夏志清先生，就显得生气勃勃，谁说不是他造就了山王？夏先生就是山王的山寨王！

但山寨王也有遇上"滑铁卢"的时刻。王德威教授告诉我们一桩小事故，那天一众人在那儿晚膳，夏先生照常高谈阔论，说到黑人问题，他表达了一贯的反面意见。突然间，后面桌子走出了一位黑人女士，怒气冲冲地说："先生，我并不认为你刚才的谈话好笑。"夏先生听后，施施然地说："我仍然认为是有趣的。"原来那位女士听得懂普通话。

无惧胆固醇的余英时
太太烤鸭

　　2004 年的春天——正是春暖花开的时节，欧梵和季进往纽约参加学术会议，我跟着他们到那儿游玩，走遍了城市的旅游热点，最后一站是到普林斯顿大学探访余英时教授伉俪。 我们虽然不是很常见面，彼此却有着特别的缘分。 四年多前，我第一次在台湾遇见余先生夫妇，那时我还只是欧梵的亲密女友，余先生看见欧梵一派"趾高气扬"的愉快神态，说他终于修成正果，并许诺我们结婚之时一定会写首诗表示祝贺，后来果真寄来诗篇，我们高高兴兴把它裱起来，挂在家中的客厅壁上。 这几年来，我们纵然四次易地而居，总也没有忘记把它带着和悬上，到访的亲朋无不绝口称赞，我们也同时想起余先生夫妇的美意。

多年以来就凭借此番赠诗的美意，把我们两家人的情分拉紧了。偶然的一通电话，算是聊解一丝思念之情，尤其余太太每次在电话里，总是细细叮咛我俩要好好过平常日子。 对于欧梵和我这几年来，时常奔跑美亚两洲的"繁人"来说，特别起了振聋发聩的作用。

这次到普林斯顿是临时决定的。 四年多前余英时先生的荣休大会，因为我的旧病复发，无法成行，我们至今仍感到快快不乐；前年要去拜访他们，却又因余太太玉体违和而不果。 唯独这次我们是兴之所至而去，反而遇上了，应了余太太的口头禅："凡事随缘就好了。"

那天纽约的天气算得上是风和日丽，一路乘火车到达普林斯顿。余太太亲自开车到车站接我们，原以为要到外头吃午饭去，谁知她一下子把我们送到他们的府第去。 余先生应门而出，多年不见，他看来精神饱满，比诸上次见面发福了少许，却一点也不显老，没想到这几年伏案腠劳形之余，反而练就了"驻颜之术"，巨著完成了两大册，皱纹却没多增一两条。 这次我们介绍了从苏州大学来的学者季进给他们认识，席间他们边谈边吃，谈得十分投契。

余太太特地为我们预备了一桌菜肴，令我们最为感动，其中的烤全鸭更叫我们看得直瞪了眼。 在美国，我从来不敢买鸭子做菜，原因是鸭子太大了，脂肪又多，以我们两口之家，如何消受得了？ 但馋嘴的欧梵极其嗜鸭，常因我故意不给他煮鸭子而抱怨，这次他有机会大快朵颐，当然是喜出望外。 余太太为了使我放心让欧梵吃鸭肉，特意公开了做烤鸭的方法——她做的鸭子都是油脂去尽，甘香之中不带一点油腻。做法听来简单却很费时间，秘诀在于怎样去掉鸭身的脂肪，这需要花一番繁复的功夫：先把鸭子内外洗净，然后把花椒、八角、葱白、姜片塞进鸭腹，鸭皮要涂上盐巴，再用特制的器皿把整只鸭子支撑竖起来，在器皿下放两个大锡纸盆，底层的锡纸盆要穿二十个小洞，待整个"戏台"搭妥了，才推进烤箱里，温度调到三百七十五度处，就可以高枕无忧三小时，等待红烤大鸭"登台"被嚼了。

全赖余太太的精心炮制，那天我们开怀大嚼，完全没有担心过胆固醇的问题。两只全鸭子加上八宝凉拌菜，还有白萝卜丝配小红菜头十个，她说这是十全十美的意头菜，特别祝贺我跟欧梵的结缡，还刚好是两只全鸭子呢，谁说这不是她的匠心独运之作？

余太太没有多吃东西，整顿饭就忙着张罗招待我们，她说看见客人吃得高兴，也就心满意足了。我很能理解她的心情，好客的主妇于饭菜煮好后，自己是多不想下箸的。是在烧菜的过程中闻饱了呢，抑或是看腻了呢？总之就是满心欢喜，连胃口也感到饱满了。

那顿饭竟然吃了近三个钟头，饭后余太太还为我们各人泡了不同的香茶。因为我怕咖啡因影响睡眠，她特意为我选了洋菊花配新鲜柠檬汁调理着，这茶连仅有的一些油腻感都消化掉了，我似乎又可以继续举箸再嚼，但为了顾存礼貌，还是适可而止吧。

因为事前预备参观普大校园，也顺便凭吊一下当年欧梵工作的"伤心地"。没想到余先生夫妇也有兴致跟我们一块到外面溜达一番。于是我们一行几人，停停走走，到东亚图书馆会合了马泰来先生，在校园里的建筑物中往还穿梭，拍照留念。没多久，吃进肚子里的鸭子胆固醇，就完全消化殆尽了，但余英时先生伉俪热情招待的情意却是永存心中。

三文味馥郁，两女玉娉婷

　　波士顿的鲑鱼十分鲜美可口，我是今年才发现的。在美国生活加起来也有十多年，以前的印象是美国的鱼糟透了——不新鲜，种类又少，超级市场卖的鱼都是切割成一大块的，主骨干都去掉了，以中国人的煮法似乎不大适合。　今年暑期回到剑桥来，经朋友的推介，我们转到一家名叫 Bread & Circus 的超级市场买菜。　那儿货式齐全，有来自世界各地的蔬果和罐头饮品；本地的蔬菜多是有机种植的，肉类都是天然培养的鸡鸭牛羊，海产种类丰富，鱼肉更是品种繁多，而且新鲜得很，肉色光泽而有弹性。 以往我对其他市场的海产食物不感兴趣，今时看见此店的鱼肉，竟然一口气买了几种鱼回家，其中有 sword fish（剑鱼）、salmon（鲑鱼），还有 cod fish（龙利鱼），这三大块的鱼肉，怎样烹调才好呢? 真是煞费思量的事情。

我估量着它们的肉质而想出三种不同的做法。 剑鱼肉质坚实，最好以酱汁炒，加上青椒、洋葱、蘑菇片作配菜；酱汁料是蚝油、盐、米酒、极少量醋。 鱼肉先用姜汁及粟粉腌十五分钟，锅烧红后加油再放入配菜快炒三分钟上碟，重新起锅炒鱼肉两至三分钟，逐次加酱汁料，最后混进配菜炒一分钟即可。 此种鱼肉吃起来感觉有些儿像瘦肉。

鲑鱼肉质较软，比较适宜蒸。 我用蒜头和豆豉剁碎混之以酱油、糖、米酒、少许水，盖过鱼肉，放进微波炉中蒸三至四分钟不等，视乎鱼块的大小而定。

龙利鱼的做法也很简单，我以前也做过的糟溜鱼片，就是用此鱼。 记得加醋少许，醋可以沾着鱼片肉，不容易松散，炒时也得特别小心，用力不能太大，以免把鱼肉弄碎。

那一阵子我们连续吃了一个多星期的鱼，似乎意犹未尽。 这三种鱼中，我和欧梵都最爱吃鲑鱼，鲑鱼味特别鲜美，而且营养丰富，对于调节人体的胆固醇度数，特有帮助。

12月中旬我们离美返港之前的一个礼拜，都有朋友宴请晚餐。 在一个大雪纷飞的晚上，我们应邀到欧梵的哈佛同事杜维明家吃晚饭。 他们的家也是位于剑桥，欧梵说几年前，杜李两家本是对门而居，直到杜维明接任哈佛燕京学舍的主任后才搬到现址居住。 彼时维明的三个小孩常跑到欧梵家玩耍，欧梵孤家寡人没法张罗膳食，只好从冰箱取出冷冻饺子，喂饱这几小口子，他们边吃饺子边看影碟，度过无数美好的时光。

这天我们来到他家门前，即见到杜维明最小的女儿 Rosa 出门迎接，我们差点认不出来。前年见她时，仍是小毛头，今时却是个亭亭玉立的少女，她现在才只有十三岁，已经长到五英尺六英寸高。她见到欧梵即上前拥抱一番，坐在他旁边，说着她近日的学习状况。我替他俩拍照，她依在欧梵的肩膀上，毕竟仍是个小女孩嘛！我们谈了一会儿，维明夫人 Roxsane 也出来招待，她拿出一尾熏好的龙利鱼作下酒用，还有味道香脆的各式果仁。随后儿子阿伦及大女儿 Mariana 也参加倾谈。阿伦身段颀长，应可当个篮球健将，但他是个更有出息的年轻人，今年刚入了哈佛大学一年级进修；大女儿比她的 Uncle Leo 还高出一英寸，看样子她会越来越高，Uncle Leo 则会越来越矮。她将来的丈夫必定非是个昂藏七尺的"大丈夫"不可。

开饭了，我们一同围桌吃饭。Roxsane 是美国人，她做的菜是典型的美国菜，前菜是色拉，由大女儿亲手调制的酱汁，主菜有米饭（有味道的）和螃蟹肉饼，另一款主菜是烧鲑鱼扒。这菜式做起来十分简便，只在鱼肉上涂上少许牛油及盐巴，放在烤箱里，大约二十分钟即可，味道很鲜美，吃时加点柠檬汁更可辟除腥味。这种吃法我在餐馆也尝过，但都是小小的一件，没这次吃得痛快。当我们吃了一半的时候，维明的两位女儿更为我们献唱一首类似民歌的小曲，一双姊妹花音色一高一低的二重唱，颇为悦耳动人。我们口中啖着甘美的食物，金玉之音娓娓传来，令我们这顿饭吃得特别舒畅。杜维明先生这个学术界大忙人，工余之暇回到家享受到这种天伦之乐，岂不亦乐乎哉？

从"酒蟹居"到"晚晴轩"

　　庄因这名字，我在二十年前早听过，我们的友人梁冬形容他为人豪迈爽朗，有孟尝之风，其夫人既美丽又是厨艺了得，兼且雍容大方。 他们的家"酒蟹居"时常车客盈门，友朋辈又多是舞文弄墨的人。 我们住在芝城，又是无名之辈，总也无缘识荆。

　　二十年过去了，2002 年的暑假，我跟丈夫回到波士顿伴教。 8 月下旬，欧梵忽然接到一封从斯坦福大学寄来的书函，信封署名庄因，我们迫不及待地打开信。细读之下才知道，庄因早前读了白先勇为我们两人合写的书所作的序言，特意来信祝贺我们大喜。欧梵说很多年没有和庄因见面了，犹记得二十年前，他们七人应中国作家协会之邀，结伴游中国；此后偶尔在学术会议场合里，碰头一两次，多年漫长的日子里，各自为了生活，几乎绝了音讯。

庄因是个有心人，忽然来了信，彼此的缘分又重新接上了。令我更感动的是，过了几天，收到他写给我的书法字句：玉莹梵音。他知我信佛，将来裱起来可悬在我家佛堂中（如果有的话），他的心意我心领了。谁知过了几天，又收到"晚晴轩"三字的书联——这是为欧梵写的，他说作为欧梵书房的题名。我们连续收到他的墨宝，真是欣喜莫名。我向来喜爱书法，却没有好好学习书法，得此墨宝后，遂引发起我习书法之心。如果我们家住旧金山的话，一定拜庄因为师。

既然又彼此重新联络上了，我们遂趁着欧梵往伯克利大学开会之便，有了造访他们夫妇的计划，这叫我兴奋了好一阵子。这回我不只和庄因结了缘，也认识了他的夫人美丽。我们在电话中谈过一回，凭声音及语气，她让我感到亲切，我从欧梵口中知悉她的母亲就是林海音女士——我远在念大学之时已拜读她的大作，尤其《城南旧事》更给我留下深刻的印象。林女士过世后，很多悼念文章都提过她为人爽朗好客，诲人不倦，更煮得一手好菜。我想虎父无犬子，美丽女士据云确是有乃母之风。那回我们在电话中约好到他们家聚首，她要亲自下厨宴请我们。不巧的是，到了10月份临到加州之前，我们忙于搬家，抽不出空来，行程取消了，我颇感怅然，心想：莫非我们的缘分只限于在电话中谈谈？

　　12 月中旬，我们回香港居住一年，我建议经旧金山转飞机返港，在那儿停留两天探望哥哥，也可以造访"酒蟹居"，更可以品尝女主人的佳肴美酿。

　　庄因很早之前已来信指导到"酒蟹居"的道路途径，我哥哥按图索骥，顺利来到他们的府第，门前果真植有柏树十一株，唯独未见"酒蟹居"三字。　后来席间庄因透露，现今烈酒不敢沾唇，只能稍喝点葡萄酒而已，莫非为此而除去"酒蟹居"之名不成？　我们友侪之中，不少人年壮时豪饮，到今时古稀之年都尽敛当年豪情，是爱惜身体还是人老了而改了兴味？　说来都有不尽欷歔之感。　欧梵、庄因两人久别重逢，照例慨叹一番。　我不慨叹但却惊叹，惊叹于美丽的精湛厨艺——那天我们只有七人共膳，她竟做了十多盘菜！　其中有凉热头盘、滋补汤羹，酸甜辛辣，一应俱全。　但菜式都做得清淡可口，浓淡适中，全是美丽的精心设计，既顾及欧梵的糖尿病，又务求达至健康而不失味美。　我大快朵颐之余，不免感到汗颜，我平素烧菜，也太过于随意了，很难及得上她的匠心独运，每盘菜都显出作者心思。　我惊叹之余，没有忘记写下笔记，回家试着做，增加我们的味觉享受。

　　十多盘菜当中，我最爱吃的是生菜叶包鸡肉碎。　这道菜让我想起年少时，外婆常给我们做的生菜包饭，就是用中国生菜来包着炒饭。　包之前先以海鲜酱抹在菜叶上，然后放入炒饭一大汤匙。　用手裹起来往口里送，年幼时很喜吃海鲜酱的甜味。　美丽做的生菜叶不涂上海鲜酱，我想是聪明的做法，甜味盖过了肉粒及菜粒的香味，岂不可惜？　她将鸡胸肉、火腿肉、青豆仁、冬笋等材料切成细碎粒，少量米粉炸脆后捣碎，与先前已炒好的材料混在一起包着来吃。　美丽说，火腿粒只需少许，即可以增加不少香味。　如果由我煮这道菜，我会多加一样配料，那就是炒香的松子仁。

其他的菜式我也很爱吃，更喜欢观赏它们：菜在盘子上排列出精致的图案，颜色配搭很巧妙，也能做到"参差的对照"，与饭厅、客厅周围的布置，浑然一体；墙壁上的书与画，桌上的花，尤其是多盆兰花，衬托出古雅的风趣。我们都仿佛成了生活在晚清末年的文人，大伙儿围坐在"酒蟹居"，一起"煮酒带酿烹紫蟹"，而我们如今吃的更是一盘又一盘的"艺术创作品"。

席间庄因又拿出两幅墨宝相赠，一曰"福"一曰"缘"，旁边又题有两行小字："福因缘生，投缘惜福"。感谢他的赠言，我跟欧梵的结合也真是他所说的"缘定三生"，彼此都经大劫之后才"修成正果"。虽是"晚晴"之福，但毕竟是缘，我俩定当惜福，不负友人期望，如欧梵平日常言："人在福中要知福。"

养女婿的麻婆豆腐

2003 年 9 月 1 日，是个大晴天，我和欧梵在荷兰的一个小市镇做客。 主人家是唐效和丘彦明夫妇。 他们的房子是旧的翻新，由里至外都由他们亲手设计，很多木工、电工的装置都是唐效亲自监督完成的。 唐效是个工程师，丘彦明是个作家及画家，也是欧梵的"养女"。 他们的家充满文化气息，几乎每间房都挂着彦明的杰作，大部分是色彩和暖的花朵，有水彩、油画，也有素描，更有林林总总的其他画法。 我和欧梵在房子里上下来回参观，细细地欣赏她的画作，还有家居摆设，同时也拍下多张照片。我爱看花，我把花和画都摄入相片中，以后可以慢慢欣赏。

晚饭在他们家中吃，由彦明、唐效轮流掌厨。饭前彦明在家中的花园采备几样当晚烹煮的菜蔬，有青绿葱翠的山苏叶及紫色的荚豆，更有几棵青白色的葱，菜摘过后，我在旁边帮着撕摘荚豆丝。一切准备就绪后，我和欧梵就坐在厨房的餐桌上吃着餐前小吃，一碟麻辣猪耳丝及卤水猪舌头，把我们的食欲带出来。

我们四个人边谈边吃，餐前菜吃得差不多时，彦明起来做菜了；她做的菜是清煎山苏叶。她小心翼翼地将叶子逐片放在平底锅中以慢火煎，底面两边交替翻动着，叶子上碟时，油色透明青翠，煞是好看，令人不忍食之。她边煎着，我们边吃着，吃着甘香清甜的菜叶也赞叹着她的刻意求工的厨艺，有如画着一片片的工笔树叶子。跟着一碟的紫荚豆也依法炮制，但煎后的紫荚豆却变成黑色了，像是用水墨画成的。

彦明之后，跟着是唐效上场，煮他的拿手菜色：麻婆豆腐。唐效是四川人，由他来煮当然会是十分地道的。我是广东人，向来不爱吃辛辣的食物，故对于这道麻婆豆腐不寄予厚望；欧梵是北方人，喜辣味，他看着唐效煮豆腐，还未吃到已经快流出口水了。唐效的麻婆豆腐作料都是从四川带回来的，他说酱料十分重要，其中的豆瓣酱是由四川的一家三百年老字号调制出来的，另外的麻婆豆腐调料也都是由成都著名的陈麻婆豆腐店出品，花椒也不是一般的，都是精心挑选的。

唐效煮这道菜时我没有仔细揣摩观察，做法是他事后才告诉我的。　我回家后用彦明送给我们的作料，按照他教我的煮法，加上自己的烹调方法，炮制而成，第一次做出来的味道较之唐效的差了三成。　唐效的麻婆豆腐味道棒极了；我素来对辣味不感兴趣，每次都是浅尝即止，但唐效的麻婆豆腐，却叫我吃来停不了口，虽然是边吃边喝着冷水，但还是舍不得放下筷子。　味道则是麻而不辣，辣中带着肉燥的香味，而豆腐则是香滑可口，有入口即化的感觉。　于是我越吃越多，越吃越过瘾。　余下的几道菜都是硬撑着肚子来吃，把我平时的吃饭惯例——每顿饭只吃七成饱——都打破了。　欧梵更加是趁火打劫；我平常管着他，不能吃超过一碗饭，那餐饭他吃了多少碗，我也忘记跟他计较了，我只是记得唐效的麻婆豆腐味道顶呱呱！

　　我曾问过唐效，为什么豆腐可以煮得如此烫口而不失香滑嫩口呢？　他的秘诀是：豆腐未放入锅中爆煮之时，先用沸水烫一下，除去那种泡在冷水中的生冷味，豆腐烫过后，更易吸收麻辣味，快炒一下即很热且不会太老而显得不够嫩口。　我第一次做得不好，大概是没有把花椒做对，花椒要先磨成细末才放在豆腐面上快速搅匀，混合了本来的豆瓣酱及豆腐辣调料：还有先调好味而又炒熟了的猪肉碎，快炒十几下就可上碟。　如果撒上一把葱花，颜色和味道都会更佳，却违反了健康煮食的原则：彦明告诉我，葱花和豆腐混着吃，会产生一种化学作用，葱花破坏了豆腐里头的钙质，那些豆腐就白吃了。我只好放弃了葱花，但欧梵却宁取葱花而不要钙质，但我是厨师，当然我有决定权。

　　从荷兰回来后，我除了学会煮麻婆豆腐之外，更立下决心，将来有机会要学画画，至于能否成为个画家，则有待锻炼了。　纵然做不成画家，但有个已是画家的养女，我和欧梵都感到老怀欣慰，更何况养女婿又是个厨艺高手，以后到欧洲不愁吃不到好东西了。

砂锅鱼头的缘分

如果要问哪种菜色跟我有缘分，我会选砂锅鱼头。2002 年 7 月中我们从香港大学教员宿舍搬到陈婉莹教授家小住十天，等待返回美国期间，两次与婉莹、邱立本等人吃晚饭，都是在湾仔的老饭店及九龙尖沙咀的同一家，我们都点了砂锅鱼头。 那两顿饭吃得十分开心，我们谈着将来的大计；欧梵预备退休之后回香港大干一番。

　　11 月初旬，著名作家李锐和蒋韵夫妇来哈佛演讲。 他们演讲后的一个晚上，欧梵招待他们到 Belmont 镇的一间中国餐馆吃饭，名字是"四川小馆"，他们的菜色并不一定是四川菜，只是以店主的家乡为名而已。 那天晚上店里顾客很多，我们在等候入座时，听见有两桌人都点了砂锅鱼头，我想这道菜一定煮得好吃，也预先点了。 结果这盆菜最受李锐欢迎，他一个人已经吃去几乎一半，因为他对辣味过敏，其他多道菜色他不敢尝，只有砂锅鱼头最合他脾胃，我才第一次遇到不吃辣味的四川人。

　　这个月的一个晚上，在麻省理工学院任教的王瑾教授请我们吃饭，我们又领她来到四川小馆。 那天大雪纷飞，是雪下得最多的一天，我们冒雪而去，大寒天正好是吃辣的日子。 王瑾是我们的老朋友，前年我患病，她教我念六字大明咒，也寄给我佛珠，跟我有种说不出的缘分，而且她个人的人生经历也真的令人感叹，世事无常，但她的勇气委实可嘉。 我这次再见到她，感到特别亲切，那天特意点了一大锅砂锅鱼头汤，以慰她的辛劳。 我看她比以前瘦了，连锻炼身体的时间也没有，在美国当学者，真不是件容易的事！

　　我们三个人吃着一大锅的汤，还有其他的菜，再努力也是吃不完的。 王瑾和欧梵边吃边谈着研究学术问题，我在琢磨那汤是怎样做成的，汤的鲜味是从鱼肉来的呢，抑或是另外熬一锅鸡汤，把鱼煎熟一半再放在鸡的高汤里煮？ 如果让我煮的话，我会取后者的做法。粉皮的加入是十分聪明的做法，粉皮本身淡而无味，把汤的鲜味吸进去，吃起来又鲜又滑，感觉很好；豆腐跟白菜增加了汤的香味，也是绝配。 在汤里放两片姜，更可辟除鱼腥味，是不可少的配料。 以后我真要下厨煮砂锅鱼头的话，可以把粉皮换上粉丝，不但因为欧梵嗜粉丝如命，而且粉丝更象征我们的感情——细水长流。

附录

李欧梵的

食物往事

老婆和我的养生之道

　　子玉的《细味》又要再版了。 这是我最喜欢的一本书。 记得 2003 年初版时（当时她还用本名李玉莹）我为她写了一篇序，至今一晃眼十四年过去了，我们也老了——至少我老了，她看来还是那么年轻，我们依然在香港过着平常日子，照常享受一日三餐，但对于饮食的领悟却和以前大不相同。

　　记得沈三白的《浮生六记》中有一记，叫作《养生记道》(是否伪造，不得而知)，细节记不清了，只记得这是最后一篇，写在芸娘逝世之后，沈三白未老先衰，刚过四十，身体就不行了，于是他和几位禅师、真人交往，学到一点修身之术。我和子玉当然不会犯这个错误，早已经研究养生之道了。子玉对于此道特别精通，看了不少书，由于她有得过抑郁症的经验，所以一直把"修身"和"修心"连在一起。在早餐桌上，大谈她的心得。有了心得，当然要实践，所以先从我的糖尿病开始。多年前她从朋友处得知有一种中药，对压制血糖有效，于是辗转托人买来吃，果然奏效。到学校医院验血检查，医生说我的血糖不高了，其他各方面也正常，不禁大乐。于是不自觉地又大吃大喝，特别是到餐馆和友人吃饭的时刻，我更不听话，和子玉闹来闹去，朋友们都来帮我，害得子玉有口难辩。因此她常说："在外面都是我扮白脸她扮黑脸，太不公平了。"子玉管不住我，当然忧心。

也许因为幼时在食物方面的匮乏，所以成年后我的饭量特别大，母亲常说我是饿死鬼投胎的。在美国过单身汉生活的日子，更是饥不择食，从不挑剔，因而也吃了不少汉堡包和薯条等"糟糕食品(junk food)"。回到香港之后，食物的引诱力太大了，无论是中菜西菜，样样可口，加以朋友们对我们夫妇特别好，时常请客，我当然借机大快朵颐，似乎要满足多年来对于美食的饥渴。然而，越是暴饮暴食，健康越难维持，由于我毫无自觉，所以子玉就更操心了。

为了身体健康，子玉在家从来不做山珍海味，而且处处不忘找有营养的食品。对于什么菜含有什么维生素，什么菜是"寒底"或"热底"，她了如指掌。我们的三餐越来越简单——简单到令朋友难以置信的程度。有时候中午只吃一个三明治(但是子玉精心做出来的)，晚餐只吃一碗素面，外加一盘青菜。唯有早餐，子玉绝不含糊。她一早起身，打坐练功之后，就开始做早餐，而我往往还在梦周公，待我睡足八个小时之后，还没有做晨操，她已经把早餐端在桌上了：除了精心磨制的热咖啡之外，还有煮蛋（有时也煎蛋或炒蛋，但子玉嫌它们油气，没有煮蛋好），蒸好的番茄和洋葱，蒸南瓜或番薯（蒸的食物比较健康），外加烤面包一小片，涂了我最喜欢的花生酱，最后还有一小碗煮的麦片。加在一起，至少有五六样，我边吃边饮咖啡，喝了第一口就大呼：神仙不如也！（然而中国的神仙大概也不喝咖啡。）

我们相信一日之计在于晨，早餐一定要吃得好，非但要吃得好，而且绝对不能赶，要慢慢吃，而且边吃边谈。我和子玉不谈学问，只话家常，近来进而谈修身养性。子玉信佛，但不迷信，而且时常看书，最近看的一本就是《西藏生死书》。我们谈的就是如何面对死亡的问题，这当然是一个大问题，但我们不做形而上的思考，只谈自己的体验，原来有说不完的话。子玉比我严肃得多，我一开始姑妄听之，然而她的那份虔诚感动了我，于是我也参加讨论。

佛家的哲学和养生有无直接关系？子玉自有一番说法，往往把佛家某某师父的箴言拿来发挥，而我则以道家哲学应之。子玉相信"三教合一"：儒、释、道三家早已混在一起了。而我在讨论的过程中，偶尔还免不了用学术上的成规来解释，子玉置之不理，只谈实践，也就是说，在过平常日子的过程中，如何把修身和修心之术自然地融进去？这当然和饮食也大有关系。大鱼大肉吃太多了，必会影响身体，所以要少吃。有一段时间，子玉想跟随佛家人士吃斋，我并不介意，因为她煮素食花的心思和工夫更多，味道之可口和荤菜无异，反正我们在餐馆和友人吃饭时并不戒口。试验了一阵之后，子玉又恢复吃鱼，因为对身体好，于是逐渐放弃了素食。有一次她的朋友传来网上讯息：很多修炼的和尚，晚间都不吃晚餐，所谓过午不食。于是子玉也要试一试，但不愿勉强我。她做这个决定的那一晚，我竟然失眠了，心里想：这以后的日子怎么过？她自己不吃晚饭，即使做给我吃，那也是无心，她既无心，我又何必让她费心？

在这段试验期间，子玉应付得十分从容，而我却开始不安起来。她难道可以坚持十几个小时而不肚饿？想着想着，我自己反而饥肠咕噜不止，只好到厨房去偷面包吃，面包上面涂一层花生酱，我百吃不厌。说时迟那时快，我刚开始行动，子玉已经跟着进厨房来了，我每次偷食，都被她抓到，但她从来不以为忤。后来她想了一个两全其美的办法：在台湾找到一家专卖各种核桃干果之类的小店，每次去都采购十包以上，然后带回家来，专供我偷吃，因为这类坚果食品不但有营养，而且不甜，所以不会影响血糖。我们送了几包给她的表哥，他也喜欢上了。然而我依然嚷肚饿，最后连子玉也放弃了过午不食的习惯，我们又恢复晚餐，但吃得更讲究了，不但要少吃，而且还要吃得好。如果是吃面，子玉就会在面里加上各种菜蔬，如果是吃米饭（往往是五谷米），她限制我只吃一小碗，然后以各种清淡而有营养的美食来为我充饥，她往往吃得很少，大部分食物都进到我肚子里。我感激她的爱心，终于养成了适可而止的习惯，绝不多吃。甚至当我们二人到馆子吃饭时，也是如此。朋友请吃饭，我也不淘气了。妙的是，当我发现自己比以前吃得少的时候，精神反而更好了。午餐吃多了必然打瞌睡。但子玉鼓励我午时稍睡，说午睡半小时胜过平常三小时的睡眠，因此我也养成这个好习惯，不上班时，在家睡半个钟头，醒来果然精神大振。以前看到老人睡午觉，不以为然，觉得是浪费时间，不料现在我也加入午睡老人的行列了。

据说人到老年，往往有两个问题：便秘和失眠。前者我间中有之，但最近也被子玉的妙方治好了，而后者完全不是我的问题，每天必睡足七八小时，睡得绰绰有余。 而子玉却正好相反，多年来都睡不好，容易醒。 于是轮到我向她灌输我的妙方了： 睡前要彻底放松，脑子里什么都不想，或设法幻想自己进入一个最美的境界，譬如她最近画的画。 然而说来容易做时难，目前她还在试验中。 我的另一招催眠术只能用在自己身上，就是睡前在脑海里"聆听"庄严而美妙的乐曲，例如布鲁克纳的《第四交响曲》或《第七交响曲》的第一乐章开头，然后把自己"化"进去。 子玉只喜欢听激情的音乐，如柴可夫斯基的《悲怆交响曲》，如何催眠？ 最近她终于在网上找到一段佛家"六字大明咒"的吟唱录音，晚间睡眠时跟着轻轻吟唱，很自然地进入梦境。 我听了也有同样效果。

　　人到老年，日常生活中最基本的三样事做好就行了： 能吃，能睡，能拉（消化系统没有毛病）。 说来容易，但都需要练习。 我认为日常生活中的修身之道就要从最基本的这三样事做起，然后才能进一步进入精神的层次。 如何把身体和精神两方面融会贯通，能保持适度的平衡，而不是矛盾斗争，这不是一件容易的事，必须每天练习。因此，除了晨操和晚操外，我们每天还至少做半个钟头"平甩功"，这是我们在台湾从梅门的李师父处学到的一套健身法，做来相当有效，但必须持之以恒。 至于精神层面的修身（或曰修心），就更讲究了。 佛家要我们把生死轮回的观念想通，这谈何容易！ 谁不怕死？我们目前只谈到面对死亡的问题，这是第一步。 子玉多年来受到抑郁症的干扰，近年来虽然没有复发，小的情绪波动还是免不了的，然而她学会了面对它，每次都靠着自己的"正能量"克服了它。 我是一个旁观者，而且不够敏感。 反过来说，当我受到学术上的压力——例如要把积欠已久的论文或演讲稿写出来的时候，就像所有的书呆子学者一样，进入另外一个世界，对日常生活不闻不问，长此以往，必会影响到子玉的心情。然而不做学问的话，我又觉得对不起我的职业和我的学生，所谓"学如逆水行舟，不进则退"，一点也不假。子玉说我对于学问过于执着，放不开。为什么我要每学期课的内容都不同？为什么备课的时间越来越多？这不是故意向自己的身体和能耐挑战吗？

最近我的确有点不自量力。似乎有一种时不我与的感觉，似乎自己在和时间和寿命竞赛。至此关键时刻，我也该开始反省了。到了八十岁这个年纪，我需要懂得如何平衡，不要过分，就好像饮食一样。巧的是子玉最近也在饮食的调节方面得到一个类似的结论，她也不再坚持吃什么了。她在网上看到一篇养生专家的文章，谈到人的寿命和吃的食物没有直接关系，内中有几句发人深省的铭言："大道无道，大养无养；自我理解，自我把握；取精华，去糟糠，莫放任。"一切都要适度。我听后大乐，这就是我的人生哲学。子玉和我终于悟到：养生的意义也不在于延长寿命，而是让我们的生活过得更充实。我将之归纳成八字：活在当下，听其自然。如此才可以逍遥自在。吃东西也要自我把握，适可而止。面对全球化外在世界的过速节奏，我们非但要提倡"慢生活"，而且要生活得有素质，有意义，还要放松，放松，放松。

儿时的食物往事追忆

每一个人的儿时回忆都是模糊的，我的回忆更是模糊——因为我不想回忆儿时。

我生于战乱，生下来没过多少好日子，就随着全家颠沛流离，父母亲为了照顾我和妹妹（以及生下来不到两岁就夭折的弟弟），历尽艰辛，不知受了多少苦。 我童年的大背景就是八年抗战，我出生的那一年(1939)，正是日军开始大举进攻内地的年代，父母亲已经随着他们任教的信阳师范撤迁到河南西部的一个小村子。 到了我懂事的时候，日本鬼子竟然打来了，童年的回忆就是逃难，似乎是永无休止的逃难。

我小时候吃了什么？ 现在真记不清楚了。 最早的记忆是和我的奶妈一起包饺子，她包我凑热闹，那些温馨的回忆碎片，偶尔会涌上心头，但立刻就被压抑下去，因为我不愿意想它。 我更不愿意追忆儿时的食物，能够吃饱已经很幸福了。 我们家还算幸运，逃难的时候也还可以找到东西吃，没有长期挨饿，已经比当时千千万万的难民好多了。

逃难的时候，带的是干粮，居无定所，连开火煮饭的日子也不多。 有时候逃到哪里就向当地的老百姓讨饭吃，竟然从来没有被拒绝过，因此我至今坚信，中国的农民是善良的。 父母亲是小知识分子，在乡下甚受农民尊重，然而日本鬼子来了，听说专门抓知识分子，而更可怕的是奸淫知识妇女。 我模糊的记忆之中有一件创伤的经验（这段回忆，大部分也是父母亲事后追忆时告诉我的）： 有一次，我们全家随着学校的同事逃到一个小村子里，日本人赶上了，先在山头用机关枪向村子扫射，母亲匆匆跑到我和妹妹玩耍的小树林，把我们连拖带抱，拉进一间农民的茅屋。 说时迟那时快，日本兵下山了，如果发现这间小屋子里藏有好几个知识妇女，后果不堪设想！ 母亲说： 欧儿很乖，但你妹妹偏偏吵着肚饿，不得已把煮好的鸡蛋一个接一个给她吃，她连吃七个，这才不吵。 我们也幸免于难。

这一段回忆，母亲也不知说了多少次，已经成了"神话"，但从来没有提到那些鸡蛋是哪里来的，也从来没有说除了鸡蛋，我们还吃了什么。 可能谁都没有食欲，性命危在旦夕，谁还会想到肚饿？ 只有不到三岁的妹妹。

听母亲说，我小时候很乖，很懂事，战争使得我早熟。父亲在战火中不忘写日记，多年后出版成书，名叫《虎口余生录》，内中记载我们从河南西部翻越秦岭逃到陕西的一段经历，我至今不忍卒读。只记得他提到：带着小提琴，和母亲到了一个小镇，到处打听熟人，然后安排到街头表演，父亲拉琴，母亲会随着卖唱——唱的可能是抗战歌曲和民谣。乡下人从来没有看过小提琴，还以为琴盒里装的是机关枪。两个人就用这种变相的方式"要饭"，和乞丐没有两样，只不过斯文一点。暂时借住在以前的同事家里，更不是滋味，有时一住就是一两个月，因为下一站去哪里，怎么去，都需要事先张罗。朋友大概也是当地的中学教员，生活十分清寒，每天的饭菜当然谈不上丰富。这种寄人篱下的日子并不好过。有一天，母亲特别带我到镇里市场去，没有带妹妹。她为我买了一个烧饼夹肉，要我一个人吃，说是奖励我乖。难道妹妹就不乖吗？不，可能是妈妈拿不出钱来买两个烧饼，也可能是想多省下一点钱，以备旅程上的需要。这一段经历，也是母亲事后告诉我的，我至今对烧饼夹肉的滋味念念不忘，对妹妹更感到一分歉疚。

抗战胜利了。我们全家也从陕西迁回河南信阳，虽然日子并不好过，但心情好多了。记得农历新年快到了，父亲决定带全家回太康老家省亲。于是我们一家四口，从信阳出发，竟然花了一个多星期才到。其间要借住民宿，不是现在台湾很时髦的家庭旅社，而是到素昧平生的陌生人家登门求宿，和武侠小说中描写的一样。农民听说我们多年没有回老家，都很热忱地招待我们吃黑面馍馍，好像配的是辣椒。有时父母亲步行，我们兄妹坐农民手拉的单轮小车，我们管它叫"嗤嗤拧拧"车，坐得极不舒服。终于到了，爷爷带着全族亲戚欢迎。 我年纪太小（只有七八岁），只记得除夕成年人要守岁，包饺子。 大年初一清晨，小辈们要先向长辈拜年，礼仪周到。 我记得最喜欢吃的东西——除了各种糖果之外——是烤红薯，从地窖里拿出来，烤得热乎乎的，香甜可口。 乡亲们听说我特别喜欢吃红薯，个个笑不绝口，怎么吃这种土东西而不喜欢吃山珍海味呢？ 在他们眼中，父母亲都是见过世面的人，怎么没有衣锦荣归，反而带回来两个土里土气的孩子？

我至今还是喜欢吃红薯，除了面包。 我妻知道红薯有营养，所以几乎每天的早餐都为我准备一块蒸小红薯，和面包交换着吃，作为主食。 昨天晚上，为了庆祝中秋节，一位东北来的中大讲师还带了他全家——他的不到三岁的小儿子，是我们的干孙子——来包饺子吃，其乐也融融。 我和妻子过平常日子所奉行的信条就是"simple pleasures"（简单的乐趣），吃饺子和红薯也变成了乐趣之一。

抗战胜利不到两三年，生活刚安定下来，有一天，母亲突然把我们兄妹叫到身边，轻轻地说：乖孩子，不要怕，我把这两小块金条缝在你们的棉衣里面，比较安全，你们不要怕。 我当然不怕，只觉得又要逃难了！ 又多了颠沛流离的滋味。 这次全家分散了一年：父亲留在信阳，因为他代理校长，要负责学校师生的安全；母亲先带我们投靠住在江苏镇江的外公和外婆，然后她一个人到南京去任教。 从河南到江苏的行程更长，中间要坐一段轮船。 记得抵达镇江后，听不太懂外公外婆说话的苏北口音，火车汽车的"车"字的发音又怪又长，和"弃"字同音，很不习惯。 外公是一位才子，时常吟诗，也常常讲故事给我们听，例如"唐伯虎点秋香"，还要我作文。 我作了一篇游记，描写我们坐招商局的那条船在长江的经历，得到外公的赞好。 外公的另外一个怪习惯就是在卧房"上办公"——当年没有厕所，只有把马桶放在卧室后面。外婆脾气不好，对我们好像很严厉，但不时给我们做猪油面吃：记得是先把面煮好，再在大碗的碗底放一块猪油，再加酱油，然后把热乎乎的面条倒进碗里，上面洒葱花。真是美味之至，我想到就会流口水。然而如今我却和这种美食绝缘了，因为猪油太肥，吃了可能有高血压。现在大家的生活富足了，转而担心健康，儿时哪里管得了这些，有得吃就心满意足了，吃得油油的更好。因此我自幼喜欢吃油的东西：油条、油炸麻花、猪油面、葱油饼。全都是不健康的食品。

1949 年到了台湾，虽然开始的时候依然清苦。经历了多年磨难，母亲积劳成疾，患了骨结核，要睡在石膏床上静养，长年累月，家庭的担子，父亲一个人扛起。他白天要到学校上班教课，下班后还要照顾母亲，为了补助家用，还在宿舍的后院养鸡，苦中作乐，有时还杀一只鸡打牙祭。母亲的病经过一年多的调养，竟然痊愈了，真可谓奇迹，多亏父亲坚韧而爽朗的性格，处变不惊，终于熬过来了。记得全家最开心的事就是去看电影，非但周末全家去看歌舞片，而且让我和中学同学去看打斗片，新竹小城的四家电影院上映的影片，被我们看遍了。除了新竹，连台北的影院，我们有时也会光顾。往往是在星期天，全家坐公路局的巴士到台北西门町，有时候看两场，中午时分就到附近的中华路，光顾北方小吃馆：牛肉面、水饺、锅贴，饱食一顿，大快朵颐，以为人生乐趣莫过于此！看完电影，再搭车回新竹，觉得这才是"美好的一天"。于是我逐渐感到，幸福终于降临到我家了。

在新竹过了几年贫苦而幸福的生活之后，父亲突然接到一个邀请，到台北附近的板桥去协助主持一个"教师研习会"，母亲则同时收到新成立的华侨中学的聘书，父亲当机立断，决定启程，带了妹妹，却把我留在新竹，因为我在新竹中学只差最后一年了，不便转学，于是安排我住进学校的宿舍。这一下惨了，我发现宿舍的伙食难以下咽，怎么办？只好瞒着父母搬了出来，和一位同学合租一间民房，每天骑单车上学。事后告诉父母亲，他们竟然也答应了。然而吃的问题依然没有解决。我们二人年纪轻轻，都不会做饭，我的同房家庭富裕，每天可以吃馆子，而我却付不起钱。终于找到一家"山东小馆"，愿意提供包伙，价钱也公道。父母亲心存歉疚，立刻答应了。然而，小馆子的伙食也不见得好，同房当然不满，吵着要另外叫"客饭"，于是他时常吃价钱贵一倍的客饭，我只能在周末陪他打牙祭，也叫一份客饭。所谓"客饭"，只不过是一菜一汤，而白饭可以任意吃。这才发现我的食量惊人，竟然可以吃七碗白饭！这个记录，至今没有打破。那个退伍的山东老兵厨子做的客饭只有一个特色：油特别多！所以我吃到第三碗，菜已经吃完了，剩下的四碗都是把适量的油放在碗里，和白饭混在一起，几筷子就扒到肚子里。这一段往事，我记得最清楚，可惜没有普鲁斯特的文采，我只能平铺直叙地写出来。

我的这段儿时的食物回忆（已经从儿时写到少年了），进不了文学的殿堂。但它原汁原味，只希望它没有"油气"，因为我在文中没有加任何修辞的佐料。

母亲和菜单

　　自从母亲去世之后，我很少怀念过她，甚至在自己的文章中也很少提到她。 这非但不孝，而且有点反常。 也许是因为父亲在我心目中的地位太重要了，我往往把父母亲的个性作对比，觉得自己处处像父亲，而只有在形象和行动上(人老了，行动越来越慢)有点像妈妈。 直到最近，为了写这篇文章，我才突然想起母亲来。 回忆中的母亲，依然是一个脾气祥和、个性优柔寡断的女人，事事听凭父亲做主，甚至于鸡毛蒜皮的小事，也要听父亲的意见，例如每天两餐（早餐父亲在外面小摊吃，往往在晨跑之后）的菜单。

全家迁到台湾十年之后，生活逐渐稳定下来。未几，我和妹妹分别出国，留下二老在家。他们雇了一个帮佣的太太，每天为他们买菜洗衣打扫，做半天工。因此，前一天晚上，母亲必煞费苦心，计划第二天的菜单，计划好了，写在一张纸条上，第二天清早帮佣就可以照单买菜。这是我后来返家省亲时父亲告诉我的，而且颇有怨气。我在家住了几天，每天晚上母亲经营菜单的时间更长了：儿子好不容易从美国回来，应该多做点好吃的，最好是他在美国吃不到的菜，增加营养。这几乎是母亲每天晚上写菜单时的口头禅。于是，她就问我，再问父亲：明天吃什么？

他们二老平时每餐大概是两菜一汤；我回来了，变成四菜一汤。每天还要变花样，譬如黄豆芽豆腐汤虽然很够营养，但吃几次我就腻了，换个什么汤呢？配四样菜更麻烦，至少每天每餐要换两样菜，否则儿子又要抱怨了。母亲犹豫不决，父亲和我根本不大理会，以为这是她作为家庭主妇分内的责任。父亲长年累月听母亲唠叨菜单的事，大概不耐烦了，就会大吼一声：随便啦，吃什么都无所谓！我也随声附和。有时候干脆说：明天我有朋友请客，不在家吃饭。母亲就问：午餐还是晚餐？于是我心里也烦了，以为她在干涉我的私事。我至今还记得母亲尴尬的笑容，但当年回家吃的是什么菜，我却一样也记不得。

半个多世纪以后，我想到这件琐事，突然感到对母亲歉疚万分。我当年对她的这种态度，是我一生最对不起她的罪过。不少男人有"恋母情结"，连"恨母"也是情结的一面。而我呢？对母亲却只有冷漠。 我自以为母亲应该有她的主见和"主体性"，不要事事听从父亲。 这是多年来我在美国潜移默化得来的尊重女权的"核心价值"之一。 所以我抱怨母亲的保守，她的个性和父亲的豁达恰好相反，仿佛连菜单这类小事也放不开。 然而，我从来没有想到，我的前半生是谁煮饭给我吃的。 有时候有帮佣，但大多还是母亲下厨。父亲只有在母亲患了骨结核躺在石膏床的那一年才做起家务。 这么多年，母亲为我做的菜，难道我一样也记不得吗？ 于是我绞尽脑汁，终于想出来几样： 除了黄豆芽豆腐汤以外，还有霉干菜烧肉、凉拌小黄瓜、蒸鸡蛋(上面加醋)、豆腐干炒牛肉、红烧蹄膀。 其他当然还有几样，都是小菜，而红烧蹄膀乃我的挚爱，至今还是如此。 母亲煮的菜，算是江南味道，但内中也掺和了父亲的北方口味。 我后来偏偏喜欢吃辣，于是母亲勉力而为，做个麻婆豆腐和回锅肉。 也许她没有做，而是我的追忆有误，把在别地吃的川菜加上去了。 经过母亲常年的训练，我从不挑嘴，什么都吃，就是对鱼没有大兴趣，父亲也是如此。 母亲是江苏人，当然喜欢吃鱼，有时候饭桌上也有清蒸鱼或红烧鱼，但父亲和我都是"虚晃几招"就吃别的菜了。 由于多年逃难的贫困经历，母亲时常对我们说： 吃菜不能剩，要感恩，因为世界上还有千千万万的穷人吃不饱。

走笔至此，不禁感到一阵心酸，为什么这些和母亲相关的食物记忆，在我的脑海中如此单薄，几乎只剩下轮廓，而没有细节？ 如果这是一篇小说，一定不会打动读者。 然而，我的心还是被歉疚打得七上八下，母亲多年来任劳任怨，是怎么承受的？ 她和父亲晚年在台湾过的"平常日子"又是怎么过的？ 除了开菜单以外，还有什么值得回味的东西？

父亲过世后，母亲做了一个斩钉截铁的决定，坚持移民美国，身体再虚弱，也要来和我们同住。 这个重担，就落在妹妹全家身上了。 因为我还是单身，每天为事业繁忙，只有暑假时接母亲到我家里住一个月。 因为她身体逐渐虚弱，我还得为她做饭，于是，终于轮到我问她今天想吃什么了。 母亲往往不表示意见，但我做好菜端上桌的时候，她会吃了一口，就小声地说： 以后还是少放点盐，对身体好。 或者说： 昨天晚上睡得不好，可能是吃菜吃多了一点，里面有味精。 我当然不耐烦了，甚至因为满足不了她的愿望而大发脾气。 直到后来，我和子玉结婚不到半年，她的抑郁症复发，每天茶不思饭不想，我每天为她做同样的菜，她毫无胃口，脸色干枯，根本提不起精神。 看到她的样子，我终于领悟到： 我再努力，还是进不了她的内心，接触不到她的痛苦，她吃不下我做的菜是理所当然的。有时候她还勉强打起精神自己做，因为我的厨艺实在太差。

　　我从来没有想过母亲当年的内心生活是什么样子。 法国小说家福楼拜曾经说过一句名言："包法利夫人就是我！"一个男性作家能进入一个虚构的女性的内心，这才是真正的同情；托尔斯泰写《安娜·卡列尼娜》何尝不也是如此？ 而我呢？ 非但没有进入母亲的内心，而且从来没有为她设身处地想过一回。 如今她过世也有十多年了，我开始回顾她的一生。

　　她出生在江苏淮阴的一个小康家庭，受的是新式教育，到南京就读中央大学的音乐系，主修声乐，名列前茅，是一个名副其实的"五四"新女性。 父亲是她的同学，当年用法国拉马丁的浪漫诗句打动了她，最后和她结婚。 然后她就随父亲到河南教书了。 抗战八年，全家到处流浪，母亲不但相夫教子，而且在学校担任女生导师，率领学生的合唱团到附近各地演唱抗战歌曲，激励民心。 有时她累得被学生抬回家。 我儿时吃的菜，大多都不是母亲做的，而是奶妈，因为母亲是职业妇女，身担重任，然而她仍然照顾我和妹妹。我仅有的食物记忆都和母亲有关，例如有一次她带我到菜场，买一个烧饼夹肉给我吃。抗战胜利后，母亲为了家庭生计，一个人到南京去教书，那时我已经懂事了，看到母亲的职业妇女的形象，感到一分骄傲。

也许，这个形象一直萦绕在我的心中，甚至不时作祟。没看到母亲没有主见的样子，就会下意识地想到幼年的印象。在台湾的漫长岁月里，母亲其实也尽了职业妇女的责任，在中学教音乐，后来又到其他学校兼课，又买了一架钢琴，在家里教私人学生，贴补家用。然而，不知不觉之间，她的角色转换了：从职业妇女变成了家庭主妇。在她退休后的岁月里，连私人学生也少了。每天赋闲在家，处理家务变成了她的全职，当然也包括开菜单。这个角色的转换，使得她顾不得自我，也不寻求生活的意义，只是尽一份责任。有时候我和妹妹请她回忆当年，她会开心地谈一段往事，后来连这个兴致也减少了。她的心灵似乎也逐渐萎缩，藏在她虚弱的躯壳之中。到了晚年，在美国，她连主妇的角色也交给妹妹了。妹妹一家人对她极好，照顾得无微不至，但她似乎仍觉得"寄人篱下"，因为她心里想住到儿子家里，而这个儿子偏偏不成家。她渴望晚年可以享受到这一点点孝道，而作为儿子的我却不懂得体会亲心。

如今我和子玉过我们的平常日子，三餐都是子玉打理，我只有感激的份儿，真是哪里修来的福气！最近子玉受到情绪的打扰，我怕她的抑郁症旧病复发，也开始反省自己的不周。男人——特别是自命为读书人的男人——最缺乏的就是一种敏感，对自己的妻子（情人、女友）的敏感。我从子玉想到我的母亲。子玉常说：她自己在美国多年，所扮演的角色就是家庭主妇，想不到回到香港，和前夫离婚后，竟然找不到她的自我认同。 和我这个"书虫"结婚后，似乎又回到家庭主妇的角色，而且有时还要扮演母亲，因为我年岁日增，返老还童，即使三餐再简单，生活再正常，她的心理压力也不会减少。母亲当年何尝没有压力，不过她从来没有表达出来，只是尴尬地微笑，好像不好意思，又做错了事。 我如今回想起来，觉得罪孽深重。因此我鼓励子玉把心里的话都说出来，让我这个迟钝的男人得到一点佛家所谓的"渐悟"，原来人生就是一个漫长的渐悟的过程。

我把这篇小文献给母亲的在天之灵，也表达我对她迟来的忏悔。也感谢子玉在日常生活中点点滴滴的提示，因为每一点每一滴都代表了她的爱心。 所以如今我吃什么菜，都很开心。

在美国留学时期

　　我不是一个美食家，也不会煮菜。和子玉结婚以后，饮食方面，一切由她包办，我只有洗碗的份儿。如果必须"细味"我结婚以前的饮食生活，更是乏善可陈，真不知如何动笔。人在福中要知福，我用一种感恩的心情来回忆做单身汉时期的食物往事，为的当然是"忆苦思甜"，为子玉的这本书凑个兴。

　　1962 年初到美国的时候，住在芝加哥大学旁边的国际学社，没有钱吃饭厅提供的伙食，只好自己买了一个电壶，偷偷地在房间里下面吃。壶本是用来烧热水煮咖啡的，怎么可以在里面下面——而且是硬邦邦的意大利通心粉？我忘了买任何佐料，只有一小罐盐，煮好了实在难以下肚，吃了几次就放弃了，干脆吃面包夹肉松（家里寄来的）果腹，中午和晚上两餐都一样。这样吃了一段时期，觉得身体愈来愈虚弱，胃口全无，于是心里着慌，赶快搬出来，和友人租公寓同住，但饮食自理。因为公寓里有一间和房东全家共享的厨房，我可以试着炒几个菜，都是闭门造车胡乱搞出来的，难以下咽。这才发现我的同房陶天翼（后来成了历史学家，长期在夏威夷大学任教）吃得比我更简单。有时美国房东太太看我们这两个单身汉太可怜，也送点他们吃不完的食物。我们感谢之余，还是觉得房东太太的美国菜同样难以下咽。怎么办？

很多人——特别是女留学生，开始学煮饭，嫁人后厨艺更好，自然成了贤主妇，我的妹妹和妻子都是此中的佼佼者。男生呢？有一个说法：真正喜欢吃的人，可能会为了尝到美食而痛下苦功学厨艺。而像我这种普通"非美食家"的懒人，只配糊口。好在我并不挑嘴（这是幼时时常贫困的结果），什么菜都喜欢吃，管它是中是西，我全盘照"吃"。和每一个单身汉一样，我最喜欢到别人家做客，结了婚的朋友请我，更来者不拒。多年后，我回到芝大任教，竟然到子玉的家里搭伙五年之久，子玉的这本书中也有详细描述。然而，多半的饮食还是要靠自己料理。即使早餐啃一块面包，午餐买个汉堡或三明治充饥，还有晚餐怎么办？单身汉的一天，最凄惨的时刻就是晚饭时分，在美国，很少人上餐馆，大多回到自己家里吃，也许周末到唐人街的中国餐馆打一次牙祭。然而我特立独行，有时候为了省下看一场好电影的钱，晚饭竟然愿意饿肚子，或啃面包了事。在芝加哥的寒冬，为了贪便宜，周末到一家二轮戏院看午夜场，一张票看两套电影，看完了已是清晨，一个人流落街头，等第一班车回住所，形单影只，真不是味道。但我还是咬紧牙关，不像其他留学生，为了吃饭而结婚，然后买车买屋生子，过着安定的生活。而我依然光棍一条。

西方好像有句名言："Man does not live by bread alone." 我把它的意义做直解：人不能每天单靠吃面包生活，换言之，就是要学着做菜煮饭。煮饭不难，有电饭锅可用，届时把米淘好放进锅里，加适量的水，就行了。但做出像样的菜，就难了。我在这方面毫无天分，而且笨拙之至，甚至连洗碗都笨手笨脚。子曰：君子远庖厨，难道其中也暗示儒家不善于煮饭？女权主义者会说：活该！你们"男性沙文主义的猪"都去喝西北风吧！我认为：单身汉不能自找苦吃，即便要做君子，还是要进厨房，学着做菜，至少可以自力更生。

于是我发奋学做菜。买了一本《培梅食谱》（当时的畅销书，书名可能记忆有误），先从几样最简单的菜着手。问题马上出现了，我嫌书中的解说太过详细，例如肉要买上好的猪腿，先泡在盐水里，加点酒，半汤匙酱油，少许盐，两勺子油，外加葱姜切成细丝，还有蒜片。这些琐碎的佐料，我哪里有耐性准备，肚子早饿坏了，饥不择食，只好把现存的一罐牛肉罐头打开，挖出几块牛肉，加上面包果腹。美国超市有不少此类罐头，有肉，有汤，其中最有名的牌子是Campbell Soup，可以煮熟吃，也可以用汤匙挖出来吃，味道都差不多，咸得要命，吃多了可能伤肠胃，然而单身汉个个都要靠这个过日子。我吃了数年，实在吃不下去了，于是又发奋学做菜，但厨艺毫无进展，因为毫无耐心。于是又回到罐头，吃多了又感到厌倦，于是再学做菜。如此一而再，再而三，经过多次恶性循环之后，我终于自创新法，做了一道菜，既方便又实惠：先到超市买了切碎了的牛肉（ground beef）或猪肉，和几个西红柿、一盒豆腐、一包煮汤用的鸡精或肉精（英文叫作 bullion）。这样可以省掉切菜的麻烦手续，只需把西红柿切成细片，用油盐把锅烧热了，然后把所有的东西一股脑儿放进锅里，边炒边用锅铲切豆腐，最后加进一小块鸡精，算是调味品。不到五分钟就做好了。又嫌煮饭太费时，干脆用白面，面煮熟了，把这一锅菜放进面里（买到方便面以后当然更方便），变成我的"李氏牛肉面"，吃不完，下一餐再吃。有时候连西红柿也免了，干脆做豆腐烧牛肉末，烧好了再洒上胡椒粉和葱花，对我来说，既省事又可口。

这一道菜，我用广东话简称之为"西红柿豆腐牛"，因为是我独创，竟然乐此而不疲，有时间则做少许"变奏"，例如改用白菜，或把豆腐改成豆腐干（有时需要到唐人街的中国商店去买，但如果没有唐人街或唐人街距离太远，当然作罢）。信不信由你，就这一道菜，我吃了将近二十年。只不过我不能用来待客，只能自己吃，因为所有的朋友试过后都摇头，只好由我"孤芳自赏"了。但时日久了，把自己的身体也吃坏了，因为牛肉末往往不是好肉，而鸡精或肉精更能伤胃。

既然晚餐变不出花样，于是专攻早餐。一般单身汉往往不吃早餐，我是个例外，每天早晨必吃面包，如今成了习惯，面包成了我每天早餐的必需品。有时候为了营养，还加牛奶泡麦片。然而星期天是个例外，因为我睡懒觉，迟迟起床，一定要为自己煮一顿丰盛的"早午合餐"（brunch）来享受一番，这几乎是我每周日必备的仪式，吃完这顿大餐，我就可以坐在沙发上懒洋洋地看《纽约时报》的星期天特别版，它的书评和艺评，我更是只字不漏，一看就是一个下午。所以这一餐抵两餐，一定要吃得好。

这一顿早餐怎么做呢？我从蛋卷（omelet）做起。蛋卷的意义就是蛋里夹菜，所以要先切好洋葱和西红柿，有时还加点起司，在锅里炒，炒熟了再炒蛋。这还不够，有时我又加上一道烤饼（pancakes），做法也是现成的，把买来的烤饼汁（pancake mix）倒在热锅里煎，煎得半黄后，放在碟子里，上面加上糖浆即可。这两样菜合在一起吃，外加一杯咖啡，真是神仙不如也！吃完肚子实在感到扎实，但觉得昏昏欲睡，精神不振。几年后我检查身体，发现自己有糖尿病，据医生说，虽与遗传有关，但也是吃了那么多蛋卷、烤饼和糖浆的后遗症。

不过，我毕竟学会了做早餐，而且可以变花样：炒蛋，煎蛋，煮蛋，蛋卷，样样俱全。后来又发现面包也有讲究，要买上好的大麦做的面包，放在烤炉上烤得半焦，然后加上一层花生酱，美味至极。我就用这种自做的早餐待客，竟然受到几位在我家暂住的嘉宾的激赏，如上海名作家茹志鹃和王安忆母女，就曾当面赞我说："竟然大教授也会做早餐！"我不敢说：只有早餐，其他一概不管。后来搬到波士顿以后，可以在超市买到现成的饺子，午餐晚餐的问题也解决了。住对面的杜维明教授的三个孩子时而"突袭"我家厨房，于是我就把冰箱里的饺子拿出来下饺子给他们吃，后来其他单身朋友来了，我也依样画葫芦。至今我还喜欢吃饺子，而且百吃不厌。有时候子玉和她的朋友相约吃中饭，我就在家下饺子吃，但她也往往做好其他菜蔬，留在锅里，所以我的午餐绝不单调乏味。

和子玉结婚后，我从厨房退下阵来，一切由她包办。不料结婚半年后，她的抑郁症复发，我们的生活顿入苦海。 我照顾她，每天做同样的菜，但不是"西红柿豆腐牛"，而是极清淡的毛豆干炒鸡胸肉，反正她毫无胃口，我更没有心思，竟然如此拖了半年（我们合著的《过平常日子》的最后一章，有详细的描写）。 回到香港不到两个礼拜，她就逐渐复原，有胃口了。 我的悠长而平凡的单身汉饮食生涯终于结束。

如今我妻为我打理一切饮食起居，我只要听命即可。 由于年岁日增，为了保养我们的身体，子玉和我奉行一句铭言：早餐吃得好，午餐吃得饱，晚餐吃得少。 说来容易，做起来难。 我时常犯规。 不过，早餐是我们两人每天的"黄金时刻"，子玉煮的早餐，十分丰富。 除了炒蛋或煮蛋，外加姜片；还有小米粥，有时和麦片替换。她煮的咖啡更是无与伦比，每天吃早餐前我必定先饮一口咖啡，心情顿然开畅。 美好的一天，必须从早餐开始，过平常日子的真谛也是早餐。 我往往在早餐时刻不自觉地向老婆鞠躬道谢。 人在福中要知福，这个福气，是我前世修来的，也是我过去漫长的单身汉生活换回来的。

再版后记

《细味》的首版六年前在台湾出版，这次改由中国人民大学出版社出修订版，是件值得高兴的事。 六年来我跟着欧梵东奔西跑，中国城市跑过不少，也有欧洲、美洲各地。 可以说尝过的美食，实在不计其数，只是尝鲜越多，越觉得不如安在家中吃"住家菜"。 住家菜可以是自己在家炮制的菜色，也可以是被邀到友人家，由友人亲自下厨调制的菜。 这些住家菜吃来特别有滋味，吃后肠胃舒服，心情愉快。 为什么会这么惬意呢？ 是应了西方人常挂在口边的"Good food and good company."，跟中国人说的"酒逢知己千杯少，话不投机半句多"有异曲同工之妙。

现在偏爱吃住家菜除了上述的原因外，最重要的，莫如我们年纪日渐老大，开始注意健康，更知道病从口入的道理。 记得外婆以前常说"利口食物却不利福"，我以为这个"福"字可以解释肠胃是也。 故此，好吃的食物绝大多数不健康，而健康的食物往往是难得好吃。 如果要做到既可口又健康，则需要多费心思才可以。

近年来，我烧的菜与《细味》所陈述的，可说是大异其趣了。 欧梵是个北方人，为了迁就他的胃口，我多掺杂了北方菜的素材。 在美国待着的日子，也习惯了选用"西洋餐"的做法。 这里所指的西洋餐做法是专指用材料而言，例如罗勒、薄荷等香草类的调味料用在多样蔬菜的素菜肴内，让素淡的菜色添上滋味，也使菜肴增加了缤纷悦目的色彩，由视觉刺激了味觉，比什么都来得自然。故此，我如今烧的菜有点混杂，不中不西、不南不北，若要勉强命名归类的话，就把它们叫作"子玉特色菜"吧！

我做菜的特色在于"三多""三少"及"三无"。在寻常的一盘菜肴里，我选用的蔬菜种类特多，菜的颜色繁多，用以入馔的调味料以醋为多，但坚持少用盐，少吃肉，也少用油。务求做到烹煮无糖、无味精、无辣味，也一样可口。为什么要设立如此严格的烹调法呢？无非是为了吃得健康，吃得放心而已。

多年下来，丈夫的糖尿病减轻了，自家的肠胃病也有所改善，而且我夫妇俩的身材均可以保持苗条，全有赖于"子玉特色菜"和我那"三心二意"的煮菜原则。三心者，爱心、用心、细心；二意是刻意和注意。本着这些原则，烧出来的菜，哪会不健康和不可口呢？

2009 年 12 月